社会とことば

井上ひさし　発掘エッセイ・セレクション

井上ひさし

発掘エッセイ・セレクション

社会とことば

岩波書店

目次

社会とことば

2 ことば

編集協力＝井上　恒
資料提供＝遅筆堂文庫

＊本書には、井上ひさし著の書籍未収録の作品から、「社会」「ことば」をめぐるエッセイ及びその周辺の作品を精選し収めた。
＊執筆時期、媒体がさまざまであるため、あえて表記・用字などは原文のままとし、明らかな誤記と認められるものに限り訂正した。
＊各編の最後に初出を明示した。また、内容の理解のため適宜コメントを付した。

釜石小学校　校歌

【作詞】井上ひさし
【作曲】宇野誠一郎

1．
いきいき生きる　いきいき生きる
ひとりで立って　まっすぐ生きる
困ったときは　目をあげて
星を目あてに　まっすぐ生きる
息あるうちは　いきいき生きる

2．
はっきり話す　はっきり話す
びくびくせずに　はっきり話す
困ったときは　あわてずに
人間について　よく考える
考えたなら　はっきり話す

3．
しっかりつかむ　しっかりつかむ
まことの知恵を　しっかりつかむ
困ったときは　手を出して
ともだちの手を　しっかりつかむ
手と手をつないで　しっかり生きる

◇岩手県釜石市立釜石小学校は二〇〇三年四月開校。この校歌は開校時より使われている。

1 社会

吉里吉里人をめぐって

「ツキアイきれない」について

一九三三年に締結された『国の権利義務に関する条約』(俗にいう『モンテヴィデオ条約』)は、その第一条で次のように言う。「国際法人格としての国家は次の資格を有しなくてはならない。(Ⅰ)恒久的住民、(Ⅱ)一定の領土、(Ⅲ)政府、および、(Ⅳ)外交関係に入る能力」

このモンテヴィデオ条約の存在を知ったのは一九五〇年(昭和二十五年)、高校一年のときのことで、それ以来、わたしはこの条約を素材に三つの作品を書いた。

最初の作品は宮沢賢治風の音楽劇仕立てで、たしか『わが町の独立』という味もそっけもない題名、大学ノート三冊をびっしり文字で埋めたが、それでも終らず、未完のまま放り出してしまった。高校三年の夏休みのことである。

第二の作品がこの『ツキアイきれない』(一九六四)で、放送劇仕立て。最新の作品は現在「終末から」(筑摩書房刊)という雑誌に連載中の『吉里吉里人(きりきりじん)』で、これは小説の体裁をとっている。

それぞれ体裁と制作年代は異るが、わたしの書く態度は同じである。前掲の『モンテヴィデオ条約』を逆手にとって、「住民と領土と政府(政治組織)と外交能力があれば日本から分離独立することができるか、或いは、してみようではないか」と居直ることにある。

つまり、もうこんな政府＝政治組織の下で生きるのはいやだ。吉田、池田、岸、佐藤、田中など、一連の保守政権のもとでは人間らしく生きられぬ。しかし敵は強力だから、どうにも叶わぬ。それなら志を同じくするものがみんな相集(つど)い、拠金しあって、千代田区の十分の一ほどの土地を、どこか遠くに買い入れ、そこを根城に日本から分離独立しようではないか、それをまず紙上で実現し、独立のための設計図を引いてみようというわけである。『ツキアイきれない』はわずか三十枚ほどの作品なので設計図としては甚だ不備である。同好の方々はぜひ『吉里吉里人』を参照していただきたい。こちらは二千枚の精密な設計図になるはずだ。

（レコード「ツキアイきれない」解説　一九七三年　日本コロムビア）

ラジオ小劇場　仮題　ツキアイきれない〈検討稿〉

作＝井上ひさし　演出＝小山正樹

【出演】

男
女
吉里吉里村村長
村会議員①
②
③
④
定内市役所課員
吉里吉里駅駅員
警官

自治省局長
若者
少女
おかか
女たちの①
②
③
アナウンサー
課長
他

ＳＥ　急停車する機関車
蒸気をはく機関車

＊　＊　＊

〈車内〉

――なんだべぁ？
――へんなとまり方をしましたね（あくび）
――事故でがすぺか？
――どこだべぁね？
――さっき、仙台をすぎましたよ。
――盛岡はまだだぢと？
――なんじでがすぺ？
――六時をちょっと……
――ひとねむりすっかね。

ＳＥ　まだ夢うつつの朝の白々しさのむこうで
とどろくように客車の戸が重々しくあく

駅員　（やゝオフ）……車内のみなさん、通行税をいただきてェンでァす。国境関税でぁして……

――国境関税だぢど？
――通行税でがすと？
――どういうことだね？

駅員　（晴れがましく）……わが吉里吉里村は本日の午前六時を期して……独立したァンでァす。

――（一瞬わけのわからない沈黙）

駅員　……わが吉里吉里村は、日本から独立したつうわげでェ……どぐりづ！

——(ユニゾンで)ど・ぐ・り・づゥ?!

駅員　ンだでば。

＊　＊　＊

タイトル＊　アナウンス

＊　＊　＊

SE　悲鳴のような汽笛をのこしながら、遠くへ去る機関車……

男　(笑う)

駅員　おめさまはいまの急行からおりられだんでァすな?

男　(まだ笑っている)

駅員　なにがおかしいんだがねァ……

男　(ようやく笑いやんで)どくりつか……。駅員さんはけっきょくいくにんから国境関税をとりあげたんです?

駅員　ひっとりもはらってがねがったねァ。ンだども、吉里吉里が独立したごだァ、まだだぁれも知らねェがら……そのうぢ、いやがおうでも、おうがいやでも……

男　払うかなァ、疑問だなァ。

駅員　とるべ。

男　国鉄をくびになるよ。それが急行をとめたりして……あんた国鉄職員でしょう。

駅員　ハハハ。今朝の六時で、おらだ、国鉄やめで、吉里吉里国有鉄道の職員だべァ。なにすろ、吉里吉里は独立したんだでば……

男　いくら?

駅員　は?

男　通行税だか国境関税だか……

駅員　いまんどころはなんぼでもえゝべ。

男　いってもらわないと見当がつかない……

駅員　おらほうも、はじめてなもんで……

男　二百円……でぃゝ？
駅員　そだにおめさん……わりィねァ。
男　ぼくはいまの急行で次の定内駅でおりて吉里吉里へもどるつもりだった。二百円はタクシー代だと思えば安いね。
駅員　んだば、吉里吉里に用事でもあっとが？
男　あゝ、村長さんにあっていろいろと……
駅員　旅館は？
男　まだ決めてない……
駅員　おめさん、どげな女子、好むであすか。
男　あ？
駅員　グラマア、好むであすか？
男　グラ……？
駅員　マア。
男　ソラマア……。だけどあんた……
駅員　好むであすか。やっぱり……。そりゃえがった。駅前さでるつうど、吉里吉里屋ちゅうのがあっから、そごさ行っておらがらおそわったづとわがっから……
男　あの……
SE　遠くから列車がゆっくりと近づいてくる
駅員　ああだぁ。六時十五分吉里吉里通過の上り急行上野行きだど。……おめさん！　吉里吉里屋であすよ。（オフになりながら）やーあ！　その汽車ばとまれやァ！
SE　機関車、きしみながら急停車

＊　＊　＊

SE　静かに襖があく
女　お客さん、朝餉(あさげ)でァす。
SE　襖しまる

膳をおく

女　お客さんは、かたいのを好まれるであすか。やわらかいのを好まれるであすか。
男　グラマア……
女　あ？
男　いや……
女　ごはんのことであす。かたいのか、やわらかいのか……
男　どっちでも……
女　よかったぁす。すこうしやわらがすぎだもんですから……
男　きみ……ここの娘さん？
女　はァ……どうぞ。
男　……
女　こゝははじめてで？
男　本気なの。
女　は？
男　吉里吉里は日本から独立するそうだけど。
女　もうしましたでぁ。
男　村の人の意見はどうなの。
女　はァ。
男　賛成であるとか、反対であるとか。
女　はァ。
男　そのう、きみは……
女　独立はあたりまえであすべぁ。
男　……
女　わだし、まだひとりみであして……
男　(むせる)
女　どうしやした？
男　クモ。めしの中にくもがいる……
女　すぐなれぁすと。
男　……
女　クモはたべられぁす。吉里吉里のクモは精がつくであす。
男　それは……

女　ごぞんじであした？

男　あ〜、そのことでぼくは吉里吉里へやってきたぐらいだから……

女　クモのごどで？　そりゃええすなぁ。わだし、小学校の先生してあす。あどで授業みにきてけだんせ。生徒は、クモ、えっぱいかってやすから。

＊　＊　＊

SE　戸が勢いよくあく

村長　おまたせしたでば。なにすろ、おめさん、独立は大事業だでいろいろと……

男　村長さんですね。

村長　ン。おめさんの会社がらきた手紙、見だどもねぁ。

男　承知していただけましたか。

村長　おめさんの会社でぁ、吉里吉里のクモがらローヤル・ゼリーだがをとるってが？

男　はあ。うちの会社のホルモン剤を使っていただいたことがありますか、これまで？

村長　ねェなァ。吉里吉里のクモをくってりゃ……おめさん、ねェ、へへへ。ここさ、工場つくるってか？

男　ぜひ、それを……

村長　どういうわげで吉里吉里グモが精ばつけるってごど、わがったんであす？

男　漢方薬でクモを使いますがね。たとえば女郎グモの腹のねばねばしたふくろ……あれをすりつぶして、血どめ、イボトリ、ウミのすいだし……

村長　ほう。

男　最近は漢方ブーム……そこでうちでクモの研究をはじめた……。ところが、吉里吉里というところでは、精をつけるためにクモをくうというんで……。研究してみると……

村長　どうであした？

男　いってはいけないことになってるんです。

　ほかへもれると……なんですから……

村長　どうであした？

男　……すばらしい。

村会議員①②③④　（さゝやきあう）

——どおりでなァし。

——クモくうとちがうもねァ。

——家のおかかも大満足。

——吉里吉里でぁ夫婦わがれがねェでば。

——（四人ごにょごにょと笑う）

男　この方たちは？

村長　議員だでば。あのな、こちら、東京の製

　薬会社の係長さん……

男　よろしく……

①　クモ一匹なんぼで買う気だべぁ？　ずばり

　おたずねしぁすども……？

男　さぁ……それは……

②　だいたい……

男　一円か、ま、そのへん……

一同　（どよめく）

③　ところでよ……

男　は？

③　おめさん、吉里吉里屋さとまってるってね

　ァ？

男　はァ。

③　あそごの娘、どうであす？

男　……

③　グラマアであしょ？

男　関係ないでしょう、そんなことは……

④　インテリでねぁ、あの娘は、

男　ぼくはですね……

④　インテリ女子（オナゴ）ってのは、なんで、えづま

　でも旦那でぎねェんだべねァ。

村長　つまりこういうごどなンであすよ。吉里

　吉里村は独立しぁした……

〈以下、村人たち、あるリズムで〉

①　独立には人間がひづようでねァ、
②　二十年あどの吉里吉里のためにねァ、
③　いまがら生めよふやせよの政策でねァ、
④　ひとりものには税金かげるごどにした。
村長　独身税つうやづでねァ……
男　あの娘さんの場合、いくらぐらい……
①　独身税であすか？
男　えゝ。
②　おめさんならなんぼぐれェがえゝと思うべ？
男　……二百円……
③　そいづはおめさん、安すぎあすべ。
村長　だどもおめさん……おめさんどごの会社よりもひとあしはやぐ、製薬会社が来あして、
男　まさか……
村長　となりの定内市の市長どごさ、たのみに行(え)ったンだねァ、その製薬会社は……
男　じゃ、もっと高い……？
④　高い高い高いでば……
男　な、なんて会社でした？
①　なんていってァしたかねァ？
②　なんとかつってやしたねァ？
③　んだ、なんとかつってやしたねァ？
④　そだ、なんとかつってやした。
男　はっきりわかりませんか！
村長　おらだぢ、こどわったんであす。
男　どうしてですか……？
村長　それは……ま、そのうぢに……
男　はっきりしてくださいよ。ぼくにはなにがなんだか……
村長　クモのごどは、ま、心配しねェで……。だば、これで議会をおわるでば。
四人　ごぐろうさんでぁした。
男　議会？　お茶のみ会じゃないですか……

村長　ええんだでば。おらだぢ、まえにや議会で、標準語つうンであすか、東京弁をつかってあした……ども、東京弁で議案が決定したごだァねがったねァ。とごろが吉里吉里ことばになりあすと、議案が片づく。標準語はだめであすと。

＊　＊　＊

子ども　（オフで歌う）
ねんねん猫の尻(けづ)に
クモがはいこんだ
一匹だと思ったら
二匹はいこんだ
かかさまびっくらこいで
お茶こぼした
ととさまびっくらこいで
財布おとした

女　お客さん、よぐきてくださったごど……

男　授業中じゃなかったんですか……

女　音楽の時間であす。

男　じゃァぼくは……

女　ええんです。ここさ居(え)で。

男　このごろの小学校じゃ子守唄や民謡を教えるんだなァ。

女　いゝや、あれは吉里吉里の国歌でァす。

男　（笑いだす。おかしくてなかなか笑いがとまらないが、やがて、笑いがおどろきにかわりはじめる）

女　どうしあした？

男　……きみの、うしろ……

女　あ、この箱……

SE　クモの大群

男　クモ……

女　生徒が大事にしてるクモの巣箱であすと。

男　千匹はいるべか……。お客さん、クモがハエくうどご、みだごどある。
女　ない……
男　みあすか？
女　気絶しちゃうな……
男　まさが……それぐらいで気絶したんであ、山さ行ったら死んじまうべあ。
女　山？
男　杉山。ほうら、小学校のむかいがらずーっと杉山がひろがってあすべあ。村有林であすども、むがし……つっても、おらだぢ子どものごろ、杉山一帯さ、スギマダバエつうたぢのわりィハエが巣喰ってねァ、杉山を片っぱしがらくい荒したんであ。
女　ハエ……
男　ハイ。
女　クモは吉里吉里しかいないのかなァ。
男　ハイ。
女　定内にはいない？
男　ハイ。どうしたわけか吉里吉里だけ……
女　タクシーよべるかな。
男　定内へ行きあすの？
女　ああ。
男　タクシーあるがどうが、今日は独立でいそがしいがら。自転車にのっていぎあしたら。学校の自転車ありあすと。

SE　クモの大群

＊　＊　＊

〈一瞬の空白〉

＊　＊　＊

SE　火薬杭打機
ダン！……ダン！……ダン！
（と、一定の間合をおいて）

課員　たしか大東京製薬といゝましたねェ。

男　大東京……そうか。大東京もクモをねらってたのか。

課員　いまいましいったらありませんな。

男　なにがです……？

課員　吉里吉里村のクモ助どものことですよ。

男　しかし、わからないなァ。

課員　なにが？

男　大東京製薬がなぜまっすぐ吉里吉里へ行かずに、この定内の市役所へはなしをもちこんできたか……ですよ。

課員　その方が本筋だからですよ。あなた、このあたりの歴史をごぞんじで？

男　いや……

課員　この定内はむかし田村正信さまの城下町で……吉里吉里もその領内だったんですな。明治五年、定内と吉里吉里はそれぞれ町と村になって、袂を分った。これがそもそものはじまり……。退屈ですか？

男　いや。

課員　昭和二十九年、町村合併促進法が発令になった。そして、吉里吉里をのぞく、田村さまのもとの領内、一町四ヶ村が合併して定内市になった。

男　なぜ、吉里吉里だけが？

課員　税金です。

男　税金？

課員　税金。吉里吉里には八百町歩にわたるすばらしい杉山がある。

男　見ましたよ。

課員　田村のとのさまがつくった杉山です。

男　しかし、杉山と税金とはいったいどういう……

課員　杉山から上る収入はたいへんなものです。だから、吉里吉里の財政はじつに豊かなンですなァ。だいたい、村民税はない。

男　ほう……！
課員　県民税、各種の負担金、すべて、村当局が負担してやる。
男　すばらしい。日本にそんなところがあったんですか！
課員　ところが定内市は……どうか。
男　どうなんです？
課員　まずしいンですなァ。ただ、吉里吉里がわが定内と合併ということになればですな、あんた……
男　つまり、あなたがたは吉里吉里……吉里吉里の杉山を手にいれたい……
課員　ところが連中はわが定内市と合併すると、とたんに税金がかゝってくるだろうから合併はいやだとぬかした。クソったれ！
男　（笑って）しかし、税金はだれだっておさめなくてすむんなら……
課員　憲法違反じゃないですか！
男　ケン……ポウ？
課員　第三十条。……たしか第三十条だ。「国民は法律の定めるところにより、納税の義務を負う」
男　しかし、よくわからないけど、税金を払わないんですむなら、それにこしたことはないじゃありませンか。
課員　憲法はどうなります！　市町村合併促進法はどうなる！
男　法律があるから合併するンですか！
課員　あ？
男　いや、興奮しちゃって……
課員　どうも……しかし……
男　しかし！　（同時）
課員　どうぞ。
男　はァ……つまりです、そこに住んでいる人間が、満足して生活しているのならそれでいゝんじゃないかなァ。吉里吉里の人がいまのまゝでいゝっていうんなら……法律をもちだしてむりやり合併を強制しなくても……
課員　われ〳〵はどうなります、定内市はどうなります。
男　そんなこと知ったこっちゃないでしょう。
課員　もとは同じとのさまをいただいていたんだ！　いわば兄と弟！
男　それはあなたの理由！
課員　こまっているときはたすけあう、ひもじいときにはあたえあう、同じ日本人として当然であしよッ！
男　吉里吉里をたよりにする前に、あなたがた定内がまず豊かになる方法をですねェ……
課員　あんたは吉里吉里の人間であすか！
男　……
課員　……大東京製薬が、定内へまっすぐクモのロイヤル・ゼリー工場のはなしをもってきたのは……吉里吉里はいづれ定内と合併するにちがいないという予想をたてたからですよ。それが正しい世論てもんです。われわれは、クモのはなしを吉里吉里にもちこんで、都合三十五回、合併をうながすはなしあいを持ちましたよ。しまいには、県や政府から、応援をあおいだほどだった……。そして昨日あたりまでの情勢では、さすがの吉里吉里も、追いつめられ、イエスといわざるを得ないところまで来てたンです……。それがあンた、独立……。吉里吉里の連中の中に、まともなやつが一人でもいたら、あンた、定内は赤字の泥沼から、まァ……
男　わからないなァ……
課員　なにが……
男　この市役所、すばらしい建物じゃありませんか。赤字といゝながら……あの音は、増築でしょう……？
課員　そりゃァ、あんた、市長は建築屋で、仕事は切らさぬよう……たやさぬよう……

男 ほーう。

課長(ママ) な、なんで、あんた、わだしに、こげなこだァいわせるんであすッ！

SE 火薬杭打機

ダン！

＊＊急にダン！ ダン！ の間隔がせわしくなって＊＊＊

SE ダダダダダ(オートバイ)

オンでストップ

若者 ここが国境だべよォ。

少女 へ！ 線が一本、ひいてあるだけでねェの。

警官 こら、おめだぢァ、吉里吉里、バイクで、突っ通るどが？

少女 吉里吉里の駐在さんよォ、そだなおっかね目、しねェでけで。

若者 アメリカとメキシコの国境もこげなもんだべが？

少女 ンだべ。サウス・オブ・ボォダァちゅうどごさ。

若者 すっとばすか？

警官 こらァ！

少女 ゴ・ゴォ！

SE バイク・オフ

警官 こらァ！ 通行税、払ってげや！ くそったれ！ ツンピラがぎァ！

おかか 駐在さァ……(とオンでひそめて)

警官 おッ？ なンであ。

おかか ちょこっと、たのみでェごどあんだでば……

警官　あんまりこっちさ、よんねェべ。国境まだぐどほらいろいろど手続きつうもンがあるで……

おかが（ママ）　あのなっし、駐在さァ、おらだ、吉里吉里で生活してェンだども……

警官　ほう、定内から吉里吉里さくるてが……

おがが（ママ）　ンだっし。よォ、めンな、こお！（とオフへかける）

女たちの①　こんちは。

②　ちわ。

③　ちわ。

警官　なンだ、みんなくるってが？

①　んだ。

②　んだ。

③　んだ。

おかか　おらどごの婦人会、めンな、吉里吉里さ、来てェンだでば……

警官　あだァ！

①　秋になるづど、

②　おらだの父ちゃん、

③　東京（トーキョ）さ出がせぎ、

おかか　おらだぢ、半年後家であす、

①　おらだぢ、半年後家ならば、

②　おらだの、わらしは、

③　出かせぎ孤児、

おかか　中には帰らねとうちゃんもえる。

警官　いだみいったはなしだねァ。

①　吉里吉里さくりゃ、税金いらねどが、

②　仕事がいっぺェあるどがで、

③　とうちゃン、出かせぎ、行がねですむ。

おかか　駐在さ、なンとかしてけで。

①　ねァ……

②　ねァ……

③　ねァ……

＊　＊　＊

アナ　今朝六時の独立以来、何本の列車をおとめになったんです。
駅員　わだしですかァ？
アナ　えゝ。
駅員　三十七本……二本にげられたであ。相手は汽車だがらねァ、おめさん、おっかけるわげにいがねェもんでねァ……
アナ　――のんびり笑う声――
アナ　通行税というんですか、国境関税というんですか、あれはいくらぐらい徴収なさいましたか。
駅員　なんぼ、集めだがってンですか？
アナ　おきかせいただけますか……
駅員　二百円……
アナ　（笑う）
駅員　えゝでばえゝでば。独立はきょう一日だげでねェでは。千年も万年も続くでば。そのうぢみんな払うようになんべあ、ね。
アナ　じゃ、そちらの方……
女　（オフから）お客さーん！　お客さん！
男　おーう……
女　……電報であすけど……
男　会社から……？
女　ハイ……
男　なんていってきたのかな。
女　……「タダチニホンシャニ、デンワセヨ」カチョウ。
男　きみ、電報をひらいてもみないで……
女　あの……
男　読んだ？
女　ハイ。電話申しこんでおきあした。
男　どうも……
女　許してけさい。あの、独立のことで、電話がこんでてねァ、至急で五時間も……
男　いゝよ……

女　いま、五時……であすから十時ごろ……
男　ン。
女　もしかしあすと夜中になるかも……
男　いゝんだ……
女　お仕事、どうであした？
男　さァ……
女　どうしぁした？
男　考えてる……
女　は？
男　きみたちのことをさ。
女　あだしらのごど？
男　独立。
女　あゝ……
男　すこしわかった。
女　……
男　ような気がする。……ぼく流にさ。……人と政治、……人と仕事……
女　は？

男　まず、人間がいる、それから政治がある。まずぼくがいて、それから仕事がある……
女　なンのことであすの？
男　ぼくにもまだよくはわかってない……。政治は吉里吉里のためのもの、仕事はぼくのためのもの……だが、政治が吉里吉里をぎゃくに規制する、仕事がぼくをしばる……。仕事仕事仕事……出世々々々々……
女　結婚はなさらないんであすの。
男　たぶん……上役の娘……。さもなくば上役の仲人……おそらくつまらない女……
女　だども、東京の女の人、きれいであしょ。
男　へーッ、きれいだなァ……
女　え？
男　空。雲が光ってる。
女　あゝ、クモであす。
男　クモ？
女　クモはときどき空をとぶんであす。

男　空を……？
女　雲に、クモが、糸をひっかけて……光って
いるのは、クモの糸。
男　きれいなモンだねェ……ほんとうに……
アナ　（つかつかとオフオン）ちょっと失礼。あ
なた……
女　わだし……？
アナ　村当局のこんどの決定に対して不満はあ
りませンか。それとも満足なさっている？
お答えいただけませんか、お答えいただけま
せんか、お答え……

＊　＊　＊

〈ラジオ放送＊モザイク〉

――……一九三三年のモンテビデオ条約第一条
によりますと、一定の土地を所有し、定住す
る住民があり、住民を代表する政府があれば、
独立は、あらゆる人間にとって可能なことで
あり、このたびの吉里吉里……
――西ドイツと東ドイツ、韓国と北朝鮮、南と
北のヴェトナム……これらを、民族の悲劇と
申しますならば、このたびの吉里吉里の独立
のくわだては、その逆をいく、いわば、喜劇
……民族の喜劇とでも申しあげましょうか
……
――すでに、警官隊、陸上自衛隊あわせて、五
千名あまりが、万一の場合にそなえて吉里吉
里の周辺をかためておりますが、一方放送局、
新聞社などの取材陣が……
――このケースに適用される法律はなく、一部
では治安維持法の復活が……

――(歌)やーるぞ
　みておれ……

――政治とはです、より多くの人々に、等しく、なし得るかぎりの自由と生存をあたえることによって、各人の幸福を最大限に享受させることであるわけですが、彼等は、それを、不器用に、せっかちに求めようとした……

――オリンピックの
　顔と顔

SE　どこかで電話のベル

――レコード音楽(ジャズ？　ムード？　バロック？)

女　(オフオン)お客さーん……東京であした
……。電話であすけど……

男　いゝよ。

女　いゝよって、お客さん……、ほんとうにいゝんであすと？

男　外へでてるとかなんとかいっといてくれよ。

女　あのう……

男　いゝの。

女　はァ……

SE　受話器をとる……

女　お待たせしあした……あのう、外へおでかけになっていやす。(さけぶ)こゝにはいま、いらっしゃいません！　外へ出ていらっしゃいますと！　はァ……はァ……はい……つたえておきますと。はい。おやすみなさンせ。

SE　受話器をかける

女　もう一回、むごうから電話しあすと。
男　ン。クモは、夜になると光るね。ほら、ぼくの鼻の先……
女　光るのは目であすと。
男　……目？
女　クモには、ひるま用と夜用の目がいくつもあるんであすと……
男　ほ……。おもしろいな。きみといっしょにいると……
女　え？
男　はやくとしをとってしまうような気がする。
女　なんで？
SE　音楽、高くなる
男　だって時間がはやくすぎる。
女　……そンな、……あだし……
男　知ってる？
女　なにをですか？
男　こういうことば……
女　……
男　戦争と恋愛では……なにをしてもいゝ。
女　……あだァ……あだァ……
男　ぼくがつくったことばだけど……
SE　音楽

＊　＊　＊

SE　ヘリコプターの爆音
自治省・局長　（きめつける）即刻独立取消……でなければ……全村民を強制収容します……
村長　まァまァ、局長さんよォ……
局長　村長……おこたえいただきましょう。すぐ独立を取り消すか、強制的に収容されてもいゝのか……

①　ま、ゆっくりはなしあすべあ。局長さん……

局長　時間がありません……

②　時間がないって、あンだ、あんだのもってる時間はみんなあんだのものであすぺ。

局長　わたくしは、村会議員の諸君とはなしをしているのではない……。村長、どちらをえらびますか……即刻独立を取消すか……

村長　それァ、でぎねェねァ……局長さん。

局長　では、強制収容されてもいゝのですな。

村長　どっちもこまるねァ……

局長　……これは、国の決定です。中央政府の方針です。あなたがたにできるのはどっちをえらぶかだけ……

村長　……国だの中央政府だのとおっしゃいやすけどもあ、おらだぢもこれでもぁ、ひとづの国でぁして……

局長　ですから、それをみとめることはできないといっている……

村長　もしもでぁすと、あんだがだ、おらだぢさ、言(ゆ)ってるとおなじごと、アメリカどか、ソ連さむがっていってみさい……どうなるがねァ。

局長　これは国際問題ではない。国内問題です……

村長　西ドイツと東ドイツは、同じ国内でねあすか？　韓国と北朝鮮だって……

局長　ですから、あちらにはあちらの事情……

③　こぢらにはこちらの事情がありあして……

一同　（哄笑）

局長　まじめにお答えいただきたい……

村長　まじめであす。

局長　とは思えないが……

村長　そもそものはじまりからいぎあすか。

局長　時間がすくないと申しあげたはずですが……。ヘリコプター部隊やトラック部隊が、村民諸君を強制収容しなければならなくなるときのために待機しておる。きこえませんか……

村長　おらだぢは、吉里吉里がいづまでも吉里吉里でありだいどねがってきやした。なにも、定内市に合併されで、高い税金はらうごだない。これはねァ、村民全部の望みであして……

局長　市には市、県には県、国には国の方針がある……

村長　国の方針てなァ、国のためにあるんですか?

局長　もちろん……国民のため……

村長　だば、国民のために……たとえばであすねあ、おらだがそれでえゝというなら、そのようにはからってくれるのが国の方針でえゝべあ。

局長　しかし、大乗的見地から、国そのものについて考えるということも……

村長　合併を促進すべし……なンていう、一枚の紙切れ……

局長　法令ですが……

村長　なんでもえゝが、法律や、市や、県や国が、力のよわい村に……村民に犠牲を求めるちゅうのは、おっがしい。

④　ンだでば……。国にとってなによりもひづようなのは、国民の利益に対する、ほんとうの計算であすべあ?

局長　あなたがたは……わたしをしていわしむれば、非常に危険な賭をしている……

①　賭ってもんはね、局長さン、少く賭ければ賭けるほど、勝ったとぎに損をする……

一同　（笑う）

局長　……会談はこれで打ち切ります。ただちに、吉里吉里村全住民を強制収容する！

村長　おらだぢ、国連さ、吉里吉里を独立国として承認してくれるよう申しこみましたんであす。

局長　承知しています……

村長　ンだば国連の正式な決定をまたれた方が国際的なスキャンダルにならねェですむんでねあすか。

局長　すでに国際的なスキャンダルです。では……。……十五分だけまってさしあげよう。気がかわったら……ヒッ！

村長　どうしあした？

局長　クモ……！

①　クモくってみであどうであす、精がつきあすでねァ。

一同　（ゴニョゴニョと笑う）

ＳＥ　ぐーんとオンにせまるヘリコプター

一同　（立ち消えになる笑い）

＊　＊　＊

課長　きみはね、まる一日、こゝでなにをしていたんだ。

男　なにをって課長……吉里吉里という村について……独立について……いろいろと考えたり……

課長　わしが電話したときいなかったようだが……

男　いました……

課長　なに?!

男　じつはいました。

課長　どういうことだ、そりゃ……

男　出る気がしなかったのです……

課長　きさま……！

男　……（見かえす）

課長　ま、いゝ、ま、いゝ。電話にでたくないという気持はわからないでもない……。とにかく、きみはクモをかいつけに来たはずだ。それはどうなった？　クモはどうした？

男　それがクモをつかむような……

課長　ダジャレをいってるときか!!　おもしろくもない……

男　正直のところほとんど手をつけていません。

課長　わからん。きみは……いったい……

男　ぼくにもまだぼくがわかってない……

課長　ね、きみ、吉里吉里はいまや日本の中心だ、うずだ、台風の眼だ。たいへんな宣伝になるンだよ、きみ。独立さわぎの吉里吉里のクモからつくったホルモン！　きみ、出世の糸口になるゾ、これは。いまからでもおそくはない。定内市の市役所を当ろう。

男　定内？

課長　にぶいね、わかってないね、この吉里吉里の運命はもうきまってるンだ。

男　……

課長　ラジオをきいてないのかね。テレビをみてないのかね。

男　ぜんぜん……

課長　いったいどうしたんだきみは！　まいゝ、まいい。吉里吉里が独立をとりけしても、強制収容ってことになっても、吉里吉里は、定内市に合併される。

男　ど、どうして？

課長　どうしてだって?!　きまってるじゃないか、国の方針だからさ。

男　……

課長　吉里吉里の人間がいくらジタバタしても、もう連中とは関係のないところで事ははこばれて行く。きみ、ぼくと定内へいこうじゃないか。きみ自身のために努力するんだよ。

男　……

課長　どうした？
男　……ほんとうにぼくのためですか？
課長　なんだって、おい？
男　いままで、こうやった方が会社のためにもなるし、自分でもなっとくがいって、やる気をだしかゝったたってことがあった……
課長　えぇ?!
男　……そういうときにかぎってあなたがたはノーという……。押しとおそうとすると、あなたがたはおどかした。出世したくないのか、会社に損をかけたくはないだろう？
課長　利益を上げるのが悪いかね、損をだすよりいゝだろう。
男　やってみもしないでわかりますか、ソンするか、……
課長　……
男　いまゝで、……なにをやってたんだろう。
課長　係長だよ。きみは充分にやれる男だ。
男　会社のために……？
課長　もちろん！
男　それともぼくのために……
課長　おい、どこへ行くんだ！
男　(やゝオフ)行かせて下さい、行きたいンだから……
課長　(どなる)おい！　おい!!……ヒッ！　クモ……

＊　＊　＊

SE＊ヘリコプターが、家につなをつけてひっぱっているので家がくずれる
＊うしがさわぐ
＊戦車が塀や小屋をこわして行く
＊にわとりがなく
＊トラックが走りまわる
＊ぶたがさわぐ

――やだぞ。
――ヤンだぞ。
――強制収容反対。
――独立万歳！
――吉里吉里を守れ。
――おらだちがよォ……
――おらだぢのためによォ……
――おらだぢできめだこどがよォ……
――なんでわりィのがよッ！
警官　けいさづはみんなの味方でねェがァ？
　おれはそうであったぜよォ。
駅員　車内のみなさ……吉里吉里は独立してあるのであ。
おかか　おれはどごさいげばえゝのすか。
①　せっかく定内がらね、
②　この吉里吉里さね、
③　きたばかりなんだつうのにね……
①　どごさ、つれでえぐんでァすと。
②　どごさ……
③　どごさ……
おかか　どごさつれでえぐんであすと……
〈右のコラル・スピークの上に〉
女　お客さん、お客さんもわだしらどいっしょにきあしたど？
男　お客さんじゃない……もう……
女　んだば？
男　人間であすと……
女　わァ、吉里吉里べんになった！
一同　どごさつれでぐんであすと！
女　ここさいるほがねェのに！
男　どごさつれでぐんであすと！
一同　どごさ、
　どごさ、

どごさ、
どごさ……(連呼)
……と、強制撤去ノイズが、急転して、底抜けに明るいものになる……

局長 ……あ、やつら、空へのぼって行く。ど、どうしたんだ！　ど、どう……

課長 クモだ。クモが……吉里吉里グモが、空のクモにしがみついてクモの糸をたらして、やつらを……空へ！

ＳＥ　ゆっくりとＦＯ

ＦＩＮ

ＳＥ　強制撤去ノイズ
声をのみこむ

声 (マイク)吉里吉里のみなさん、トラックにのって下さい。早く、早く、早く、早く、ださい……ださい……ださい……

ＳＥ　すべてをのみこむ強制撤去ノイズ

◇井上ひさしの手による原稿を今回初めて起こした。実際の放送(ＮＨＫラジオ第二、一九六四年十月三日二十一時～二十一時三十分)とは異同がある。『モッキンポット師の後始末』等、講談社文庫巻末「井上ひさし自筆年譜」に「吉里吉里独立す」を書いた、とあるのは本人の記憶違い。

吉里吉里国のキリキリ舞い

浅草神社のびんざさら舞い、毛越寺の延年の舞い、秩父三峯の獅子舞い、川越のささら舞いなど、祖先はわれわれに様ざまな舞いを遺していってくれた。

浅草神社のびんざさら舞いというのは、長さ二尺三寸の檜の板を百八枚、麻のより糸で通したびんざさらなるものを、ジャリッ、ジャリッと鳴らしながら、摺太鼓や笛の合奏に合わせておおどかに徘徊して舞う、ご先祖様には申し訳けないが、なんとなく退屈なしろものである。

これに較べると岩手県平泉の毛越寺の延年の舞いはすこしはおもしろい。なかでも、美少年の稚児衆が舞う児延年はかなりの傑作で、「……いざさらば　花を折り持ちて　堂社に手向け申さん」という地謡に合わせて、二人の稚児衆が造花の枝を肩にのせて舞うのだが、これが結構艶っぽいのだ。しかも、この間、見物人は入口の格子戸の間から悪口の限りをつくすという仕来りがある。この悪口がひどい年ほど豊年になるといわれているので、見物人も悪口を吐くのに必死になる。中学時代にこれを見る機会があったがそのときは興奮した。

秩父三峯のは朝の四時から午後六時まで十四時間、十八番（庭というのが正しいらしいが）の獅子舞いを舞う。これがまことにのんびりした曲調で、全部につき合うには超人的な忍耐心が必要である。

そして、川越のささら獅子舞いは、狂い獅子が花とたわむれて遊んだりする様がおもしろい。

さて、そこで吉里吉里国のキリキリ舞いだが、これは二ヶ月に一度、奇数月の初旬に神田の某旅館で行われる奇妙な舞いである。

獅子は雄獅子で井上某という作家である。彼はすこし出っ歯気味なので、獅子のかぶりものをかぶらなくても獅子のように見える。囃子方は『終末から』編集部の皆様方、謡いの文句は、神田という場所柄のせいか、神田囃子と似ているところがある。

まず「昇殿」。これは長いこと逃げ隠れしていたけしからぬ獅子が、悪運尽きて捕まり、旅館の一室に昇殿する(カンヅメとも称する)ときの囃子で、編集者たちは左右から獅子を取りかこみ、次のように囃す。

〽テンツクツク、テンツクツク、テンステツク、ヤ、スッテン、オヒャリトーロ、イ、ステツク、ヒサシガツク、オツムテンテンヒサシガツクツク、ヤトウツクオヒャリトーロ、バカヤーロ……

獅子がどうやらこうやら一室に籠ったところで曲調は一段と速くなる。これを「鎌倉」とも「いざ鎌倉」ともいう。その囃子は次の如くである。

〽トロヒヤーリスットンドドドン、ヤ、テン、ドンドドドン、イーヤドドテンテン、ドンドンカケカケ、ヤ、ドドドン。ハヤクカカヌトインサツジョガ、ヤ、カンカン。トロトロイネムリ、スグオコセ。ヤレカケソレカケ、ヤ、テン、ドンドドドン。

校了日が近づくと囃子のテンポはさらにあがる。これを「仕丁舞」とも「天手古舞い」ともいう。

〽スッテンテン、スッテンテン、ステツクツ、スッテンテン、テンツツツ、テンスケテン、ヤ、テンテンテン、テンツクテテツク、テンステンガテン、ミンナクルッテオツムテンテン、ネムッチャイラレヌ、テツヤデステツクツ、サーカケ、エイカケ、ステンガテン。

獅子は不眠不休、長さ十五糎のビックの速記用のボールペンを百八本、ゴムひもで束ねたものを、ジャリッ、ジャリッと鳴らしながら、この囃子に合わせて書くのである。

この間、囃子方の編集者たちは小太鼓を打ち、笛を吹き鳴らしながら、獅子に向って、できるだけ美辞麗句を並べたてる。「いやァ、結構な出来映えです」「だんだん調子が出てきましたよ」「ほう、おもしろくなってきましたなあ」「これはこれは傑作の予感がいたしますぞ」……

獅子がこの美辞麗句に乗れば乗るほど、その回の出来がすこしはましになる、という仕来りがあるので、囃子方も必死だが、このあたりは毛越寺の延年の舞いと似ていないこともないのだ。

――などと他人事のように書いてきたが、じつはこの怠け者の獅子とはわたしのことである。毎回、編集者たちにきりきり舞いを舞っていただいていたのだが、このごろこれではいけないと思うようになった。編集者の方方も、もうキリキリ舞いの囃子方はごめんこうむりたいとおっしゃっているので、ここいらで態勢をたて直そうか、と相談がまとまりました。次号ではお詫びをかねて二号分の枚数にあたる百五十枚を一挙に掲載させていただきたいと思っております。読者の皆様、《あの怠け者の乞食(ほいと)獅子め、どこかで塗りの剝げた前歯でも修理しているのだろう》となにとぞお考えいただきたい。そして今号の「吉里吉里人」の休載をどうぞお許しいただきたい。以上、つつしんでお願い申し上げます。

(『終末から』第四号　一九七三年十二月　筑摩書房)

◇『終末から』は一九七三年六月より隔月刊。『吉里吉里人』は当初この雑誌に連載された。しばしば締切に間に合わず、このような文章で埋め合わせた。

書げや、書げ、書げ……

高校二年のとき、ひと夏かかって『わが町』という題で原稿用紙五十枚の唄入り芝居を書き、文化祭実行委員会に提出した。実行委員会がその秋の文化祭に上演する戯曲を血眼になって探しているという噂があったので、

「あわよくば……」

を狙って大急ぎで書き上げたのである。が、このわたしの処女戯曲は『吉里吉里人』と直線で繋っている。というのは、この戯曲のプロットが、東北のある小さな町が突如独立し、それまでの町境いが国境に昇格し税関などが出来てしまったために、簡単には逢えなくなってしまった恋人たちを中心に動いていたからである。

実行委員会はこの戯曲に乗ってくれたが、結局は上演できなかった。わたしたちの高校は男子校で、女性の登場人物はすべて女形が演ずることが仕来りになっていたが、女形をやれる演劇部員は五指に満たず、なのにわたしの戯曲には十数人の女性が登場するという具合で、どうしても上演は不可能だったのだ。

昭和三十九年、この処女戯曲をもとにラジオドラマを書き、ＮＨＫから放送した（演出・小山正樹）。このときは恋人たちの姿は消え、「独立」が表面に出てきた。

そして十年たったいま、わたしはまだ「独立」を書いている。わたしにはよほど「独立」が気にか

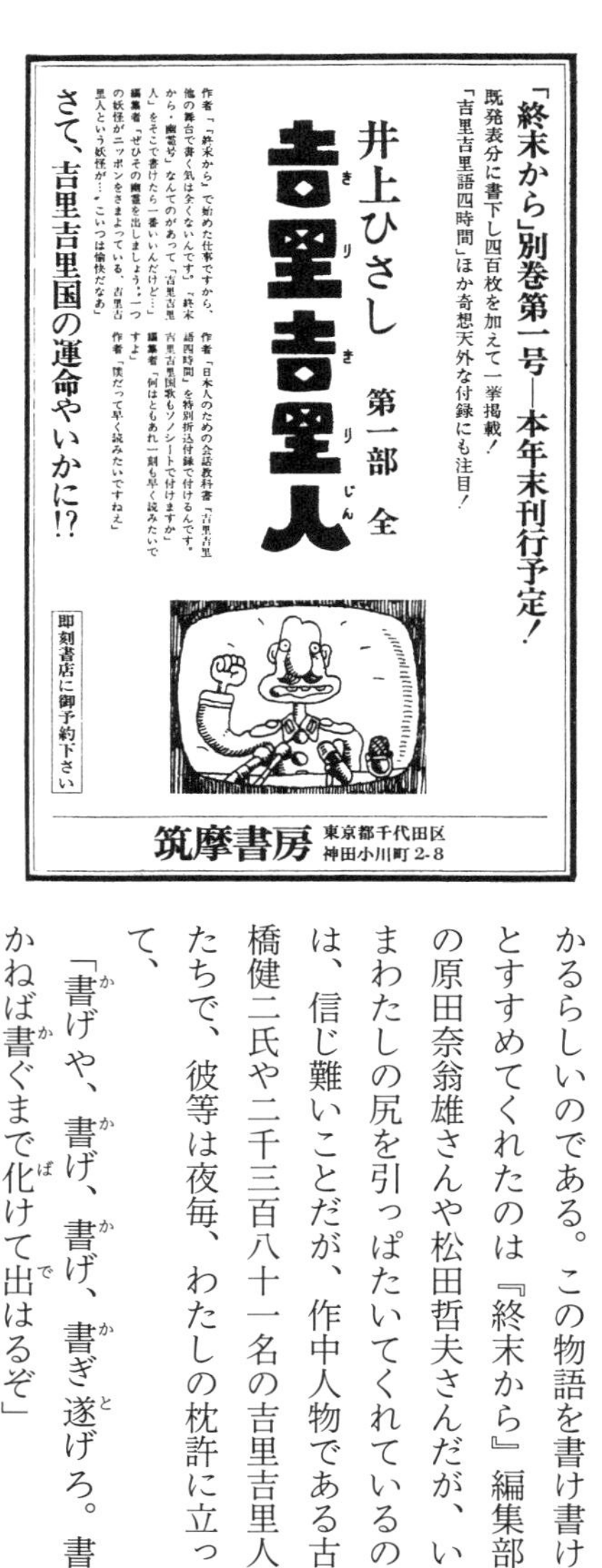

かるらしいのである。この物語を書け書けとすすめてくれたのは『終末から』編集部の原田奈翁雄さんや松田哲夫さんだが、いまわたしの尻を引っぱたいてくれているのは、信じ難いことだが、作中人物である古橋健二氏や二千三百八十一名の吉里吉里人たちで、彼等は夜毎、わたしの枕許に立って、

「書げや、書げ、書げ、書ぎ遂げろ。書かねば書ぐまで化けて出はるぞ」

と、恨めしそうな声をあげるのだ。

予定ではあと千数百枚残っている。完成まで何ケ月かかるかわからないが、この歴史的雑誌『終末から』が終刊になっても、わたしは彼等に責め立てられつつ、「独立」物語を書きつぐことになるだろう。

などと書くと、なにをいっているのだ、そんな能書を並べている暇に早く本篇を書かんか、という叱責の声が飛んできそうであるが、じつは九月五日まで十枚ばかり出来たのである。がしかし、第一部完了までにまだ四百枚の紙数を必要とし、四百枚となれば片手間にはすまぬ、あと半月は必要だろう。しかしいまさら半月も締切はのばせない。さあ、どうするか。さんざん考えた末、いまあわてて、

七、八十枚書いて、「第一部・了」とするよりも、ここ二ケ月ぐらいじっくりと粘って、目標通り第一部・了までに四百枚を費した方がよいだろう、ということになった。

すべてはわたしの不徳、読者諸賢、ならびに『終末から』編集部に対し、百万遍も「あいすみませぬ」を申しあげるほかはない。が、勝手な言い草ながら、第一部了までの四百枚、きっと近日うちに書き上げて、しかるべき方法でみなさまの許へお届けするつもりなれば、もうしばらくお待ちいただきたい。

第二部のことは第一部が終ってから、また改めて考えるつもりでいる。と、書いたところでまた吉里吉里人たちの声がする。

「書げや、書げ、書げ、書ぎ遂げろ。第二部(でえぬぶ)も今(えま)すぐ書いで呉(け)ろや」という声が。

（『終末から』終刊号　一九七四年十月　筑摩書房）

◇全九冊刊行されたこの雑誌で『吉里吉里人』が掲載されたのは六回であった。単行本の第五章一七六頁までに相当する。図版はこの終刊号に掲載された単行本の広告。

『吉里吉里人』についての前宣伝

わたしに『吉里吉里人(きりきりじん)』と題する未完の長篇がある。これは、昨年まで、筑摩書房から刊行されていた『終末から』という変った名前の雑誌に連載したもので、五百枚ほど書いたところで廃刊になったために、中絶したままで放置してあるのだが——という言い方をしてはいけないのかもしれない。この雑誌は、創刊のときにすでに九号か十号で廃刊、と決まっており、それに合わせて、毎号二百枚ずつ書く予定だったのが、わたしの非力のせいで、いつも五十枚前後で息切れしていたのだから。つまり、作品の未完を掲載誌の廃刊のせいにしてはいけないのだ——、この長篇の設定をかいつまんで説明すると、こうなる。

時は現代、場所は東北のある村(その村の名が吉里吉里村で、住民が吉里吉里人というわけである。なお、陸中海岸の大槌町に吉里吉里という地名があるが、その吉里吉里とは関係がない。わたしの吉里吉里村を宮城県北部に想定している)、物語の発端は、この吉里吉里村の独立である。この村は一見、さしたる村ではないようにみえる。しかし、東北本線や国道、まだ開通はしていないが東北新幹線の線路や東北弾丸道路などがここを貫いており、吉里吉里村が吉里吉里国として独立した瞬間から、当然のことながら、村はづれ(というべきか国はづれというべきか)に税関が設けられ、吉里吉里を通過するすべての列車、車、人間は「不法入国」で足止めを喰うことになる。いってみれば、日本の北方の大動脈が吉里吉里という小村の独立によってずたずた寸断されてしまうわけである。わたしは、この小説で吉里吉里国の独立からその崩壊までの三日間を、二千枚ほどで描写しつくすつもりであるが、べつに「村」が「国」に昇格するという喜劇的設定が気に入って、これに二十年以上の時間を費しているわけではない(二十年以上の時間を費しているというのは、決して法螺ではないのだ。この物語を発想したのは高校時代で、昭和三十九年には、そのさわりの部分をラジオドラマにしてNHKから放送している)。

わたしがこの物語に惚れ込んでいるのは、「独立」をひとつの手続として学習したいからである。もうひとついえば、「群に従い、画一性を好み、仲間相互の不公平には敏感でありながら、差別や序列化や事大主義は無類に好きな国民。それゆえに、つねに自分たちを越える優越者を求め、現実の利害、矛盾を調整する権威者を期待してきた」（『ある昭和史』三六三ページ。色川大吉著、中央公論社刊）この国民にいや気がさしているのである。自分がどのような事を惹き起そうと決して責任をとることのない天皇、その天皇を決して責めない国民（したがって、勇将の下に弱卒なしで、彼等もまたいかなる責任もとらないのだが）と縁を切ろうとし、その手続きを、ひとつの物語を述べることで、勉強しようとしているのである。

そのために、わたしはいま、ありとあらゆる〈独立ばなし〉を蒐集している。来春三月から九ケ月の予定で、オーストラリア国立大学の日本語科の講師として渡濠する計画がわたしにはあるが、これも本音を吐けば〈独立ばなし〉の取材旅行である。というのはほかでもない、オーストラリアにたいへんな独立王がいるのだ。

独立王の名はレオナード・キャスリー。この人は日本の四国の半分ほどの広さの牧場を所有する牧畜業者で——四国の半分ほどの広さの牧場といったからといって驚いてはいけないらしい。日本の約二十一倍の面積を持ち、人口は日本の十分の一、というこのばかでかい国では、その程度の牧場はざらだそうである——いまから五年前の一九七〇年、彼はオーストラリア政府からの独立を宣言している。そして、自分が国王となり、一族三十人をキャスリー立憲君主国の貴族に任命した。むろん、国旗も国歌もちゃんとある。貨幣も切手も作った。その他国営ラジオ局、国立ホテル、国立土産物センターなども営業中で、すべて黒字経営だそうだ。なにしろ年平均四万人の見物客がこの「王国」にやってきて金を落して行くということで、その観光収入がばかにならないのだ。

では、彼はなぜキャンベラの中央政府から独立しようとしたのであるか。噂によれば、政府の「小麦をあまり植えないでほしい。英本国がちかごろ濠洲の小麦をあまり買い入れてくれないので、そうやたらに作られては困るのだ」という要望が、彼に独立を決心させた直接の原因のようである。

「自分の畑になにを作ろうが、百姓の勝手だ。いやそれこそ百姓の自由。たとえ小麦が売れなくとも、その損は自分が引っかぶるのだから、放っといてくれ」

と、いうわけである。

この夏、新潟県南魚沼郡六日町で理不尽な青田刈が行なわれた。国が資金の一部を提供して田を拓き、農民が、県の農政担当者の許可を得て、そこに稲を植えた。ところが〈これは国の減反政策とは適わない〉という北陸農政局の申し入れで、せっかく育った稲を、「国」が刈ってしまったのである。

レオナード・キャスリー王でなくても、これは独立ものだ。この国の農政指導者たち（農林省とその御用学者ども）が、これまでどんな姑息な政策をたてたか。そしてその政策が破綻したとき、連中のだれが責任をとったか。それを思うたび、東北農民の子であるわたしのハラワタは煮えくり返る――じつをいえば、吉里吉里村独立の原因も、国の、トンマな農業政策にある――のだ。

国が先に在ったのか、それとも人間が先に在ったのか、これを問うのは野暮の骨頂だろう、人間が先に在ったにきまっているからである。では、その人間たちが、数千人集まって「もうこんな国の国民でいるのはいやだ。たがいに相手を人間としていとおしく思い、大切にしあう、自分たちの国を作ろう」と考え、ある一定の土地に住みつき――この土地はあらかじめ合法的に入手しておく――、自分たちの意思を代表する行政機関を持った場合「領土」「人民」「主権」の、独立のための三種の神器が揃ったわけであり、理論的には独立が成った、と考えていいはずであるが、天皇制国家は、こういった民主的行動を許すまい。まず、刑法第七十七条の内乱罪あたりを適用してくるだろう。……というのが、いま書いている件(くだり)である。

この「内乱罪」の適用をどうかわすか。これには秘策がある。が、いま口外するわけにはいかぬ(この小説を出版した際に、売上げが落ちる。商業的物書きとしてはかかる愚をおかしてはならない)。どうか、この『吉里吉里人』の上梓をお待ちいただきたい。

最後にひとつつけ加えておくと、志を同じくするものによってあっちこっちで独立があいつぎ、あらゆるものの単位が小さくなることが、いまもっとも大切なことだろうという気がする(むろん、実際には独立は不可能としても、そういう視点を持つことは、大切だ)。たとえば、そこでは「直接制民主主義」の勉強と実践ができるだろう。また、これは『吉里吉里人』を読んでくださった宇井純さんが言われたことであるが、単位が小さくなると公害工場も建ちにくくなるはずである。すなわち、公害工場の経営者は工場とほとんど同じ場所で生活しなければならぬからだ。工場は水俣、社長の邸宅は東京山ノ手の高級住宅地というわけにはいかなくなる。そうなると、連中も、

「工場の排水とその公害病との間には因果関係が認められません」

などと暢気なことをほざくわけにはいくまい。連中は他人をモルモットにするのは平気だが、自分でモルモットになるほどの勇気はないのだ。それにしても、自分なら逃げ出すにちがいないようなこ

とを他人には平気でするとは、なんというひどい人間どもだろう。つくづくそういう連中と同じ国には住みたくはない。やはり、わたしは「独立」を志さねばならない、ひとりの無鉄砲なドン・キホーテとして。

(『社会科学の方法』第七十五号　一九七五年九月　御茶の水書房)

◇仙台一高の同期で憲法学者の樋口陽一氏が関わっていた学術雑誌に寄稿したもの。

「日本市夕張村」になろう

夕張市は大変である。

かつては人口十二万を擁して日本有数の「炭都(たんと)」と謳われた炭鉱都市が、石炭切り捨て政策で一挙に「廃都」になり、炭鉱資本は老朽化した都市装置(上下水道、住宅、病院など)を市に押しつけて遁走した。人口も往時の十分の一に減ってしまった。

やがてリゾート法なるものができて、観光資本の甘言に誘われて「観光都市」として生まれ変わろうとするが、バブル経済の崩壊でその努力も水の泡、観光資本は奇妙な施設を市に押しつけて、これまた遁走した。そして「三位一体改革」による交付税の縮減が市の財政の息の根を止めた。こうして三五三億円という赤字だけが残された。ほんとうに大変である。

再建計画を拝見すると、敬老バスの運賃を上げ、図書館や美術館を廃止し、学校も公衆トイレも減らして、五つあった市営プールを一つにして、それも夏の間だけの営業、保育料も十万円以上に値上げして、十八年かかって赤字をなくすという。空恐ろしくなるような再建計画である。

＊

ほかに夕張市を救う道はないのか。数日間熟考して一案を得た。

〈夕張市は夕張村になって、身軽になるべきだ〉

郷里の町役場に「市が村になる方法はないのでしょうか」と尋ねて、「前例がないのでわからないが、少なくとも違法ではないのではないか」という答をもらった。

さっそく地方自治法を読むと、素人のにわか勉強だからアテにはならないが、この法律は、むしろ市が村になることを奨励しているところがある。わたしはそのように読んだ。

まず夕張市議会が「市から村になりたい」ということを決然と議決する。道知事には、常に市町村の規模の適正化を図るのを援助しなければならないという義務があるから、とてもだめとはいえない。なるほどもっともだと思うしかないのだ。したがって道知事はもっともだと思う所以を総理大臣に報告する。これらのことはすべて地方自治法の第八条の二に書かれており、報告するだけでいいのだから、話は簡単である。

もちろんこのような場合は、近隣の市町村に事務その他を委託することが許されている(第二五二条の一四)。夕張村は、消防活動もコンピュータの処理も介護保険や国民健康保険の事務も生活保護の認定もなにもかも近くの市町村にやってもらえばいい。市道なども道知事にお願いして、その保全一切を道庁にお任せする。

＊

このように身軽になって節約してはじめて、赤字解消が現実的になるのではないか。大きくなろう大きくなろうとするから話が面倒になるのであって、これからは小さく縮むのが大切なのだ。もちろん、近隣の市町村は大変にちがいないが、地方自治法がそう決めているのだから、諦(あきら)めていただくしかない……と、ここまで冷静に考えを進めて、夕張の人たち一人一人に背負わされた借金を計算したところで愕然となった。三五三億円を一万三千人で割ると、一人当たりの借金が二七一万円になる。ところがわが母国日本の、国と地方の長期債務は七七〇兆円を超えており、国民一人当たりにならすと六五〇万円である。わたしたちの国の方が、じつは夕張市の二倍以上も大変なのだ。

＊

そこで今回のわたしの論法で行くと、いまの都道府県はすべて町になって、小さくならなければならない。北海道町、東京町、大阪町、京都町、神奈川町というふうに。そして日本国は「美しい国」どころではなく日本市にまで縮む必要がある。小さく縮んで、せっせと働きこつこつ稼ぎ、日々の暮らしを大切にしながら、二十年くらいかかって借金を返すこと。夕張市の悲劇は、わたしたち日本市民にそう教えてくれている。

（『読売新聞』朝刊　二〇〇七年二月七日）

コメの話

ウィンブルドン農園

このあいだのグラフ選手と伊達選手のテニスの試合はスゴイものであった。「死闘」という言葉はこういう試合を形容するために生まれたのだと、そう思うぐらい凄かった。両者は今年のウィンブルドンの全英選手権でまた激突することがあるのだろうか。そのときはどんなふうに戦うのだろうか。テレビの中継を観ながらそんなことを考え、さらにそのウィンブルドンが第二次世界大戦中は農園になっていたという話も脳裏を去来した。

ロンドン南西部の住宅地、ウィンブルドン地区で第一回の全英選手権大会が開催されたのは一八七七年の春、年号でいえば明治十年、こちらでは西南戦争の真っ最中だった。なお、「第一回大会の見物人は一五〇〇人」という記録がのこっているが、現在は毎年三十五万前後の観衆が集まる。

そのころのロンドンでは、マルクスが大英博物館図書室に通ってせっせと書き物をしていた。コナン・ドイルの筆によって名探偵シャーロック・ホームズがロンドン市ベイカー街に現れるのは第十一回大会(一八八七年)のあった年、そしてわが漱石がこの街に留学してくるのは第二十四回大会(一九〇〇年)のあった年だった。

こんなふうにその歴史は古く、ウィンブルドンといえば、筆者のような門外漢にもすぐ「テニス」という言葉が反射的に思い浮かぶぐらいで、いわばテニスの総本山であるが、先の大戦中、ロンドン市民はこのテニスの総本山を農園に改造したというから、そのころの悲惨な食糧事情がうかがわれる。

なぜそんなことになってしまったのかといえば、理由は二つ。一つは、十九世紀の半ばから英国政府が「工業を盛んにして、工業製品を外国に売り、それで得た金で食糧を輸入する」という方針に切り替えたこと。現在のわが国のやり方は、たぶんこの時期の英国の猿真似だと思われるが、当時の英国人は、食糧なら外国(アメリカ、オーストラリア、ニュージーランドなど)の方が安い、だったら外国から買った方が得、なにも国内で作らなくてもいいと考えたのだった。たしかにこのやり方は、しばらくの間はうまく行っていた。だが、今世紀に入るや、この国際分業論はゆっくりと破産して行く。他の国も工業に力を入れ出し、工業製品は英国の一人天下というわけには行かなくなったのだ。

もう一つは、第二次大戦中、英国がナチスドイツの潜水艦によって封鎖されてしまったこと。ロンドン市民は食料の配給にありつくために長い長い行列をつくり、それだけでは足りないから古靴を煮てたべたりした。ウィンブルドンのテニスコートが農園に化けたのも当然である。

これに懲りた英国は、戦後、穀物自給率を上げることに熱心になる。努力の甲斐があって、一時期、二〇%台に低迷していた穀物自給率は、今では一〇〇%を超えている。

ちなみにわが国の穀物自給率も二〇%台まで落ちている。英国人なら顔色を変えて穀物自給率を上げようとするのに、日本人は平気の平左、とにかくわれわれの度胸のよさときたらたいしたものだ。もちろんこれは皮肉で云っている。

ところで国際紛争でもっとも有効だとされているのが経済制裁である。これは戦争のときだけではなく平時にも用いられる。というより、昔なら戦争になるところを、今では経済制裁で代行させることが多いと云った方がより正確だろう。つまり軍事的制裁には戦争拡大の危険があるから、外国貿易や国際金融への依存度が高まっている現在では、経済制裁の方がずっと効果が大きいというわけだ。

堅苦しい話になって恐縮だが、経済制裁にはざっと五つばかりあって、第一が輸出入の部分的、または全面的停止である。以下、在外資産の凍結、為替規制または為替交換停止、経済協力の停止、そして通商条約などの停止とつづく。これらの中で一番効果的なのは食糧輸出入の停止だろう。

ときに、日本の穀物輸入は断然、アメリカに寄りかかっている。

輸入小麦の五七％、輸入トウモロコシの八三％、そして輸入大豆の八三％がアメリカから来る。しかも、

〈今、世界でもっとも経済封鎖を多用している国はアメリカ〉（加倉井弘『これでいいのか日本人の食卓』NHK出版）なのだ。

調べてみると、たしかに加倉井さんのおっしゃる通りである。たとえば一九七九年などは、アメリカはイラン（アメリカ大使館人質事件への穀物の輸出規制）と当時のソ連（アフガニスタン侵攻の際の穀物の輸出規制）に対して経済制裁を発動している。

もちろん、「国際信義にもとるようなことをしなければ穀物は売ってくれるはずだ」というのも一面の真理である。がしかし、グラフ選手や伊達選手が今年も戦うだろうあのウィンブルドンコートがかつて農園になったと思うと……。筆者は少し心配がすぎるのだろうか。

(すぽーつ・ふらすとれいてっど23 『Ｎｕｍｂｅｒ』一九九六年六月六日号 文藝春秋)

◇『Ｎｕｍｂｅｒ』の連載「すぽーつ・ふらすとれいてっど」は、一九八〇年七月二十日号から九七年三月十三日号まで断続的に八十編ある。その大半が著書に未収録。

安全第一コメの話

阪神大震災、地下鉄サリン事件、長引く不況、円高による空洞化、金融不安、パソコン大旋風など、去って行った年、平成七(一九九五)年は、歴史年表に肉太活字(ゴシック)で組まれることは確実の物凄い一年でした。農業についても事情は同じ。

一、ウルグアイ・ラウンド(多角的貿易交渉)の農業合意を受けて農産物の総自由化が始まった。

二、新食糧法の施行によって戦後の農政を支えてきた食管制度が廃止された。

三、暮れ近くなって、農協系金融機関を巻き込んで住専(住宅金融専門会社)問題が起こった。

その一つ一つが、日本の農政を、いや、日本国そのものを根底から揺るがすような破壊力を秘めている。それが三つも連なったのですから、こちらにも特別誂えの肉太活字が要るような年でした。

もっとも、

「よかったんじゃない、おコメの値段が下がったんだもの」

とおっしゃる向きもおいでになるはず。

たしかに米価は下がりました。政府が備蓄用に買い入れるコメ(三百万トン)の値段は据え置きにな
ったものの、自主流通米の方は(新潟県の魚沼と岩船の両地域のものを除いて)下限に貼り付き、大量
の落札残が出ています。しかし、長い目で見たらどうなるか。
話をウルグアイ・ラウンドの農業合意へ戻すと、その合意の内容は、乱暴に云えば、左の二つに大
別されます。
イ、各国とも、これからの六年間で、農業保護の水準を二〇%削減すること。
ロ、各国がやっていい農業政策は、基盤整備、構造調整、そして生産増加に結びつかない所得補償
に限られること。
……ひっくるめて云えば、世界で十億以上の人たちが飢えているのに、これからは農産物の増産を
図ってはいけないというのです。
この農業合意は、やがて他の産業へも影響を及ぼして行くはずで、全農中央会の今野正弘さんによ
りますと、
〈……コメが完全自由化された場合に国内経済に与える影響については、研究者グループにより試
算結果が出されている。それによると、全国で百六十三万人の雇用喪失と、十一兆円の生産減少をも
たらすという結果になっている。特に、コメの生産減少による農業部門への直接的な影響に加え、製
造業では約二十二万人の雇用喪失と四・六兆円の生産減、サービス部門では約四十四万人の雇用喪失
と二・七兆円の生産減となるなど、他産業にも大きな影響を与えるとの試算結果となっている。〉(時
事通信社『農林経済』一月八日号)

耕地面積も減ってきています。この三十年間に、日本全国から、東北地方の全耕地面積を上回るほどの耕地が失われました。同じくこの三十年間で、

カロリー自給率は七二％から三七％へ、

主食用穀物自給率は八〇％から五〇％へ、

穀物（食用＋飼料用）自給率は六二％から二二％へ、

いずれも空恐ろしくなるほどの勢いで減ってしまった。

「そんなことを云ったって、いつまでも日本農業を過保護のまま、放っておくわけに行かないじゃないの」

と反論なさる向きもあるでしょうが、これまで再三、口から泡を飛ばして申し上げたように、「日本農業過保護論」は、じつは、ためにする悪宣伝でした。再び今野正弘さんの論文を引きます。

〈九三年度の国民一人当たりの農業予算額をみると、日本を一〇〇（約二万七千円）とした場合、アメリカは一〇一（約二万七千二百円）、フランス一二三（約三万三千三百円）となっており、欧米並みの農業予算となっている。さらに農家一戸当たりでみると、日本の九十一万円に対して、アメリカは三百四十万円、フランス百八十九万円、イギリス二百四十八万円となっており、欧米に比べて低位となっている。／また、八〇年以降九四年までの農業予算をみると、アメリカとEUはそれぞれ一・八倍、三・四倍と増加してきたのに対し、日本は逆に減少しており、農業予算に占める価格・所得支持費用は、日本の九・四％に対し、アメリカが二五・四％、フランス六〇・三％、イギリス六五・八％と、欧米がかなり高い実態にある。〉

という次第で、どこからどう眺めてみても過保護論は当てはまらない。

それどころか、農家一戸当たりの耕地面積は一・四ヘクタールと他国とは比較にならないぐらい狭いのに(たとえば、オーストラリアの百四十三分の一、アメリカの百三十三分の一、イギリスの六十四分の一、フランスの二十分の一)、それに価格・所得支持費用にしても他国よりもずっと低いのに、それでもここまでなんとか健闘してきた日本農業に心から拍手を……

と、ここまで書いて一服しているうちに、ふと産経新聞の記事が目に止まりました。エルンスト・ロコバントとおっしゃる東洋大学の先生(日本研究)がこんなことを書いていておいでです。

〈……そもそも、日本語の漢字、平仮名、カタカナの使い分けを、電報などの特殊例を除いて、日本語は漢字と平仮名、外来語はカタカナで書く、と習ってきた私にとって、腑に落ちないのは新聞の「米」と「コメ」の表記である。アメリカを「米」と書き、日本古来の主食を「コメ」と書く日本人は、その時点で米(こめ)を日本文化の中心に置く論拠を自ら放棄し、コメ市場開放を拒否する資格を失ったのである。〉(一月七日付)

当て推量を試みると、新聞社はコメの自由化を米国から強く迫られたとき、どう表記するか迷ったはずです。

「米、米自由化を迫る」

といった見出しでは、なんのことか分からない。

「米国、米自由化を迫る」

と書けば、なんとか分かってもらえるかもしれないが、しかし米国は米穀と同音であるから、どうもすっきりしない。それに加えて、〈動植物の名称はかな書きにする。〉という内閣告示（昭和二十一年）もある。

「アメリカ、米自由化を迫る」

とする手もありますが、字数がふえて好ましくない。そんなこともあり、あんなこともありで、コメと書くようになったのでしょう。

さらにコメの消費量が減りつつあったという事情があります。日本人がもっとも多くコメを食べたのは一九三五、六年ごろですが、今ではその三分の一ぐらい（一人年間平均約七十キロ）しか食べない。パン食が普及した、みんな豊かになって副食物をたくさん食べるようになった、コメは太るという風説がさかんに流れた、「国産品が高くつくなら安い外国産を」という国際分業論が猛威をふるった……などなど、次第にコメは厄介者扱いされるようになった。値打ちが下がったのです。

値打ちの下がったものは、しばしばカタカナで書かれるのが定法。これはその出自をみれば明かでしょう。「片仮名」は、平安朝の学僧たちが仏典の読み方や注釈をテキストの字間や行間に手早く簡単に書き込んだ漢字の代用品だったのは、どなたもよく御存じのところ。いわばカタカナは、平仮名ほど美しくなく、漢字ほど素性がよくない。そこで「日本語に成り切れていないもの」によく使うわけです。そう、「米」は、「コメ」と書かれた途端に、都会に住む日本人の意識の中から追放を食らったのです。そこで筆者は不遜にもこう考えました。

「非力ながら米自由化の流れに筆でつっかい棒をしよう。そして都会の皆さんが、米をコメと書いたりしてはいけないということを理解して下さったとき、表記を米に戻そう。いま、さも偉そうに、

『コメと書いてはいかん。米と漢字で書け』と云っても仕方がない。まず米をコメと書いて恥じない人たちと同じところから、筆を起こそう」

ところが肝心の農業協同組合がＪＡなどと称する世の中ですから、筆者の覚悟はみごと空振り。もう一つ、コメは、正確には「稲の実」のこと。筆者はそのコメよりも稲、そしてその稲の育つ水田の方が、二千年の永きにわたって祖先たちが丹精に丹精を重ねたこのすぐれた社会装置の方が、ずっと大事だった。ですから、たとえ米をコメと書いても、稲をイネとは書かなかった。なんだか屁理屈のようですが、でも、それが正直なところなのです。コメは輸入できても、水田はそうは行きません。壊したらそれでお仕舞いです。

（『小説新潮』一九九六年二月号　新潮社）

◇『小説新潮』ほか、数誌に掲載された一連のコメ問題エッセイは『コメの話』（新潮文庫、一九九二年二月）および『どうしてもコメの話』（同、一九九三年十一月）におさめられた。しかしその後も『小説新潮』では断続的に続けられる。計十四回。タイトルにも変遷がある。一九九六年五月号、次回予告ありながら結果的に終了。

憲法を考える

世界の流れの中で考える　日本国憲法

一　その旗のもとに立つ——やがて国際法に

二十世紀は戦争と暴力の世紀であったという言い方がある。たしかに数片ぐらいの真実が含まれているかもしれない。そこでこの考えに立って二十一世紀の行方をうかがうと、戦争で儲けようとしている人たちは別だが、わたしたち普通人ならだれもが、「戦争と暴力を引き継いだのだから、やはり破局の世紀になるのか」と落ち込んでしまうはずだ。

こんなときは、オランダの都市ハーグを思い浮かべるにかぎる。というのは、北海にのぞむ人口五十万のこの都市こそ、人びとが戦争と暴力を違法化しようと懸命になって奮闘したのも同じ二十世紀のことだったよと教えてくれるからである。

ハーグが十七世紀半ばから国際条約の製造所だったことはよく知られているが、二十世紀をまさに迎えようとしていた一八九九年に、ロシア皇帝ニコライ二世の呼びかけのもとに、このハーグで第一回の国際平和会議が開かれた。会期は二カ月余、参加国は二十六。「革命で銃殺された皇帝が呼びかけた会議なぞ、どうせろくなものではあるまい」と軽んじてはいけないのであって、これは人類史で最初の、軍縮と国際紛争の平和的解決を話し合うための国際会議だった。

軍縮問題では成果がなかった。フランス代表レオン・ブルジョワの「今日、世界の重荷である軍事負担の制限は、人類の福祉を増進するために、はなはだ望ましいということが本会議の意見である」という名演説が満場の拍手を集めたくらいだった。しかしこのとき調印された三つの宣言が重要である。①軽気球からの爆発物投下禁止宣言(わが国は未批准)②ダムダム弾使用禁止宣言③毒ガス使用禁止宣言。

「なにが国際紛争の平和的解決を話し合うための会議だ。三つとも戦争を前提としているではないか」というヤジが予想されるが、戦時国際法というものが諸国間で確認されたことがなによりも大切で、「国際紛争平和的処理協約」「陸戦法規に関する協約」「国際赤十字条約の原則を海戦に応用する協約」の、三つの協約が採択されたのもこのときである。

一九〇七年の第二回の参加国は四十四。このときに採択された「中立国の権利と義務に関する条約」はすばらしい成果だった。

第二次世界大戦は枢軸八カ国(日本、ドイツ、イタリアなど)と、連合四十九カ国(アメリカ、イギリス、ソ連など)との間で戦われ、南米をのぞくほとんど全世界が戦火に覆われたが、この中立条約を貫いた国が六カ国(アフガニスタン、アイルランド、ポルトガル、スペイン、スウェーデン、スイス)あった。「わが国は中立の立場をとり、ただひたすら戦争が生み落とした不幸と向き合う」と宣言したこの六カ国は、紛争国間の情報交換の仲立ちをし(スイス)、人質や傷病兵の交換に船舶を提供し(スウェーデン)、捕虜や人質の待遇を査察した(スペイン)。このように〈中立〉という第三の道を明示したのが第二回の会議だったのである。

第三回が開かれたのは百周年にあたる一九九九年で、百以上の国から八千人の市民が参加、NGO約七百団体と国連が共催した。第二回から九十年以上も間があるのは、世界が戦争と暴力沙汰(ざた)に明け暮れていたせいだろう。このときに確認され採択されたのが「公正な世界秩序のための十原則」で、その第一原則はこうである。

「各国議会は、日本国憲法第九条にならい、自国政府に戦争を禁止する決議をすべきである」

やがてこの原則も(これまでと同じように)国際法に昇格するときがくるにちがいない。

つまりわたしたちは、たしかに二十世紀から戦争と暴力の非常識を引き継いではいるものの、同時に国際法・国際条約の世界法典化の流れをも引き継いでいる。そしてその流れの先頭に立つ旗となって、世界をよりましな方へ導こうとしているのが、わたしたちの日本国憲法なのである。わたしは今日もその旗のもとにいる。

(『東京新聞』夕刊　二〇〇八年五月八日)

二　水色ペンキの入ったバケツを下げて――非核地帯塗り広げる

国際法や条約などの堅い約束(ハード・ロー)や、宣言や行動計画やガイドラインといったゆるい約束(ソフト・ロー)によって網のように編まれた国際社会――これはなかなかおもしろい、そしてふしぎな生きものである。戦争と暴力で荒れ狂っているかと思えば、同時に中立国(いわば良心的兵役拒否国家)を認め合ったりしている。それればかりではなく、この国際社会は、わたしたちの知らないうちに、途方もない大事業を進めていたりもするのだ。

ここに好例がある。第二次大戦のあともなお、「南極はうちらの領土だ」と領有権を主張する国が七つ（アルゼンチン、オーストラリア、チリ、ニュージーランド、イギリス、フランス、ノルウェー）あった。

日本も観測船宗谷を派遣した「第三回国際地球観測年（一九五七年七月から十八カ月間）」に、参加国はそれぞれ南極に観測基地を置いたが、そのとき改めてこの領有権問題が再燃した。というよりもアメリカとソ連がおたがいに相手を疑いの目で見ていたらしい。

「観測にかこつけてアメリカは（ソ連は）こっそり南極に軍事基地をつくろうとしているのではないか」

そこで、国際地球観測年を主催する国際学術連合会議が、右の七カ国に、アメリカ、ソ連、南アフリカ、ベルギー、そして日本の五カ国を加えて議論することにした。場所はワシントン。討論は白熱して火花を散らし、やがて談判決裂の危機がきた。そのとき、日本側が、「わたしたちは紛争を話し合いで解決するという憲法を持っている。これはよりよい世界をめざすための最良の手引き書であって、人類の知恵がぎっしり詰まっている。それにもとづいてわたしたちはあくまでも話し合いで解決するように主張する」と発言……というのは、オーストラリア国立大学で住み込み作家をしているときに（一九七六年）、この会議に出席していたという地理学の老教授から聞いた話だが、なにしろ、あのときは日本中の小学生までがお小遣いを削って献金して基金を集めてやっと築いたのが昭和基地だったし、その上、戦後初めて世界の学術界に再登場したこともあって気合が入っていた。その気迫に圧されて討論が再開され、やがてその成果が「南極条約」（五九年）となって結実した。

条約の中身をまとめると、次のようになる。

「領有権は凍結する。南極は人類の共有財産であり、世界公園である。軍事基地も軍事演習もだめ、活動は調査研究に限られる。そして核実験も核の持ち込みも禁止する」

この核禁止の流れはゆっくりと広がって行った。気がつくと、宇宙も(一九六六年、宇宙条約)、中南米も(六八年、ラテンアメリカ非核地域条約)、海底も(七一年、海底非核化条約)、南太平洋も(八五年、南太平洋非核地帯条約)、東南アジア全体も(九五年、東南アジア非核兵器地帯条約)、そしてついにアフリカ大陸も(九五年、アフリカ非核兵器地帯条約。アフリカ統一機構閣僚理事会で採択)、どこもかしこも非核兵器地帯になっている。

試みに、非核兵器地帯を水色のペンキで地球儀の上に印(しる)すと、南半球全体が水色に染まる。もちろん海底も宇宙も水色一色である。相も変らずなんだかんだと真っ赤になって揉(も)めているのは北半球のお偉方たちだけだ。名古屋大学名誉教授の森英樹氏の名言を拝借するなら、〈もう一つの世界は可能だ〉(『国際協力と平和を考える50話』岩波ジュニア新書)なのだ。

どぎつい赤を水色で塗り直そうという国際社会のもう一つの大きな流れの先頭に立っているのは、もちろん日本国憲法である。わたしは今日も水色のペンキの入ったバケツを下げて生きている。

(『東京新聞』夕刊　二〇〇八年五月九日)

「九条の会」呼びかけ人による　憲法ゼミナール

一 感情についての小論

私たち人間の脳の仕組みは、とても込み入っている上に、解明されていないことも多く、ひと口で、「カクカクシカジカのものである」と言い切ることはできません。それでも、筆者が気に入っているのは、マサチューセッツ大学アマースト校で不確実性科学を教えているナシーム・ニコラス・タレブ教授の定義で、彼の『まぐれ』(望月衛訳、ダイヤモンド社、二〇〇八年)によると――

私たちには脳が三つある。一つ目は非常に古い時代の脳で爬虫類脳(はちゅうるいのう)と呼ばれ、心臓の鼓動などをつかさどり、すべての動物に共通する脳である。二つ目が辺縁系(へんえんけい)と呼ばれる脳で、情緒などをつかさどり、哺乳類に共通する脳である。そして三つ目は新皮質(しんひしつ)と呼ばれる脳で、ほかの霊長類と人間とを隔てているのがこれである。

これを具体的に述べれば、私たちは、まず辺縁系という脳で情緒や感情を感じ、それから新皮質という脳で理屈を考える。そして、これが大事中の大事ですが、この逆はない。

つまり、理屈を考えてから、いいなあと感心したり、あれこれ思案した末に、いやだなあと眉を寄せたりはしない。なによりも先に、いいなあ、いやだなあと感じて、それから、なぜいいのか、いやなのかを考える。それが私たちの脳の仕組みなのだそうです。

＊

もっと具体的にいうと、一目惚れなどは、この理論にぴったり合います。とにかくあの人はいいなあと直感する。糸口をつけて会って、ますます好きになる。そして結婚したいと願う。これはみんな辺縁系のはたらきです。ところが周囲が「あの男(女)だけはやめなさい」と反対する。性格が悪そうだ、背も低い、不器量だ、勤め先が不安定だ、給料も悪い、先行きで面倒を見なければならない親がいる、大酒呑みだ、浪費家だなどなど、寄って集って忠告する。周囲は新皮質を使って理屈を並べているわけです。たしかに理屈からいえば、結婚を思い止まったほうがいいかもしれない。けれども辺縁系で感じたことを、新皮質が否定することはむずかしい。彼(彼女)は、好きだから好きなんだと、理屈にならない理屈を言い立てて、たぶん結婚するでしょう。

着るものを選ぶときもそうです。あの上着が着たいと、とっさに感じる。値がはる、派手すぎる、仕立てがいい加減じゃないのかと、理屈を並べる。そうなると財布のヒモを締めなおすのは至難の業です。

＊

もしも、タレブ教授の説が当たっているとすると(筆者はかなり当たっているなと思っていますが)、私たちは、日本国憲法が好きか嫌いかを、直感で決めているのかもしれません。いまの憲法が好きな私などは、改憲論者がどんな理屈を並べても、好きだから好きなんだと頑張る。一方、いまの憲法が嫌いな人に、どんなに理を説いても納得してくれない。そこで問題は、仕方がない、このまま放っておこう、と諦めてしまっていいのかということになります。

もちろん、いいわけがない。

＊

すぐに思いつくのは、子どもたちの感情を、つまり辺縁系を、うんと豊富にしてあげること。教室に閉じ込めてむりやり理屈(新皮質)を詰め込むのはやめにして、たとえば、劇場へ連れて行ってあげる。美術館や写真館で、すばらしい絵や写真にひたってもらう。図書館を教室がわりにして面白い物語をうんと読んでもらう。海や山や林や森や街中や市場を歩いてもらう。……このようにして、大自然の巧緻な仕組みや、まっすぐな正義感や、人間の汗の尊さや、人と人とが織りなす人生模様の愉快さ面白さ恐ろしさを体得してもらうことで、子どもたちの心の中を、真っ当な感情や情緒でいっぱいにしてあげるのです。

たっぷりと豊かで、しっかりと平均の取れた感情と情緒が、そういう辺縁系こそが、子どもたちに正確な直感力をもたらすはずです。

自分を愛し、他人を愛し、そして世の中を愛することへの、溢れるような感情。その感情が、「自分が他人の道具になってはいけない、同じように他人を自分の道具にしてはいけない」という感覚を養ってくれるはず。

ちなみに、括弧で括った文章こそは、日本国憲法の精神です。もとより、子どもの感情をウンヌンする前に、私たち大人が、平均のとれた素敵な感情を養わなくてはならないことは、言うまでもないことですが。

（クレスコ編集委員会　全日本教職員組合（全教）編『月刊クレスコ』二〇〇九年六月号　大月書店）

二 「押しつけられた」のか、「戻ってきた」のか

「日本国憲法は、当時の占領国アメリカによって押しつけられた憲法だから、日本人の手で改めて自主憲法を定める必要がある」——これが、自由民主党の結党以来の悲願ですが、愚かな話だなあ、

なによりも私たちの先達（せんだつ）たちをバカにしていますね。

日本国憲法の三本柱はなにか。いまさら書くまでもない常識ですが、その三つとは、平和主義と国民主権と人権尊重の三原理です。そしてこの三原理がどんなに値打ちのあるものかについては、とうの昔から日本人によって唱えられてきました。それなのに、この三つの原理が「外から押しつけられた」と、平気でいう神経がわからない。日本人をバカにしてはいけません。

＊

たとえば、私たちがいまなお愛唱する三行短歌の石川啄木は、この三つの基本が世の中の心棒（しんぼう）となることを心から願っていました。明治四四（一九一一）年二月、慢性腹膜炎のため東京帝大病院に入院していた二五歳の啄木は、岩手県出身の歌人小田島孤舟（おだじまこしゅう）に宛ててこう書いています。

〈我々は文学本意の文学から一足踏み出して「人民の中に行」きたいのであります。〉

同じ二月、別の知己にこんなことも書き送っていました。

〈現在の社会組織、経済組織、家族制度……それらをそのままにしておいて自分だけ一人合理的生活を建設しようということは、実験の結果、ついに失敗に終らざるを得ませんでした。その時から私は、一人で知らず知らずの間にSocial Revolutionist（社会革命論者）となり、色々の事に対してひそかにSocialistic（社会主義的）な考え方をするようになっていました、ちょうどそこへ伝えられたのが今度の大事件（大逆事件）の発覚でした。〉（大島経男宛て）

私たちがよく知っている彼の名詩「はてしなき議論の後」が書かれたのは、四カ月後の六月。この詩の第二節はこうなっています。

〈われらはわれらの求むるものの何なるかを知る、／また、民衆の求むるものの何なるかを知る、／しかして、われらの何を為すべきかを知る。／実に五十年前の露西亜の青年よりも多く知れり。／されど、誰一人、握りしめたる拳に卓をたたきて、／‘V NARÓD!’(人民の中へ)と叫び出づるものなし。〉

＊

時をさかのぼって明治三二(一八九九)年、東京外国語学校(東京外語大の前身)の英語教師の村井知至(一八六一―一九四四)が、こんなことを書いています。
〈……婦人は男子の奴隷にあらず、また現今のごとく男子の競争者にあらずして、かの高妙美麗なる人類平等の真理に基き、男子の協働者となり朋友となり、等しく国家の公役者としてその天職天分を尽くす(べし)〉(『社会主義』第七章より。法政大学歴史学研究会復刻)と、男女同権の思想を説き、だからこそ、婦人にも参政権を与えられるべきであると唱えています。

圧巻は、植原悦二郎(一八七七―一九六二)の『日本の政治的発展』(一九一〇年刊)でした。これは外国人向けに英文で書かれた本ですが、経済学と政治学を欧米の大学で学んだ植原は、天皇が政治に干渉するのは、立憲主義(憲法を立てて、そのもとで政治をおこなうやり方)に反すると述べています。さらに彼は、元老会議や貴族院・枢密院などの存在は不当と宣言しました。その上に、陸海軍大臣に将軍を充てる制度を批判しています。

「いったい憲法のどこに、陸海軍大臣は現役予備の陸海軍大・中将でなければならぬと書いてあるのか。こんな無法がまかり通っては、内閣が破壊されるだけではないか。陸海軍の主張を容れないかぎり、組閣できないなんて話がどこの世界にあるものか」と、植原は書いています。そして彼の痛烈なひとこと、〈かかるものを存在せしめて平気でいる国民全体が意気地なしなのだ。〉

植原悦二郎の、この英文著書は海外でよく読まれました。そして、ここのところが肝心なのですが、この本は日本占領政策のバイブルにもなりました。つまり、かつての日本人の先達たちが必死で考えたことが、占領軍を通して敗戦日本へ逆輸入されたのです。もっといえば、戦前の日本人の考えが、戦後、日本国憲法として結実した。日本国憲法は「押しつけられた」のではなく「戻ってきた」のです。

（クレスコ編集委員会　全日本教職員組合（全教）編『月刊クレスコ』二〇〇九年七月号　大月書店）

三　権力の資源

ある時代には、王様が絶大な権力をもっていました。世の中のまとまりを保つためには王様が公的な権力をもったほうがいいと、みんなが、とくに王様自身が、そう考えていたわけです。けれどもそのとき、王様の権力の資源となったものは何だったのでしょうか。尊敬されるべき家柄だったからか、お城に莫大な財宝を貯えていたからか、領国内で起こった揉めごとを公明正大に裁く知恵をもっていたからか、触っただけで万病を治す魔法の手を持っていたからか、御家来衆がみんな強そうで、それが怖かったからか、御城下に住んでいるかぎりご飯が食べられたからか……たぶんこれらをすべて合わせたものが、王様の権力の資源だったのでしょう。

会社にしても同じことかもしれません。社長には権力がありますが、その資源はどこからきたものなのか。株主総会でそう決まった、社の業績をいいほうへいいほうへともって行ってくれる、社員に給料を保証してくれる、社内人事をはじめなにごとにも公平である、不行跡な社員を解雇するのにためらいがない、不祥事が起きたときの謝り方がリッパである……これらをすべて合わせたものが、社長の権力の資源になっているはずです。

＊

では、右の論法を閣僚諸君や国会議員諸公に当てはめると、どうなるか。いちいち「閣僚諸君や国会議員諸公」と書くのは面倒なので、ここからは「国家権力」にしますが、いったい国家権力の、その資源は何なのでしょうか。近代国家のほとんどが民定憲法のもとに経営されていることは、『クレスコ』の読者ならどなたもご存知でしょう。

そしてこれは通説となっていますが、「近代国家とは、国民が憲法に超越した存在として憲法を制定する。そしてその憲法に従って国家権力が形成される」ものなのです。つまり、わたしたちのこの日本国も、政治権力については、〈①国民の憲法制定能力―②憲法―③国家権力〉という三層の段階構造になっていて、憲法が政治権力の資源そのものなのですね。このことは日本国憲法自身が、「第一〇章　最高法規」ではっきりと宣言しています。

たとえば、「この憲法が日本国民に保障する基本的人権は……現在及び将来の国民に対し、侵すことのできない永久の権利として信託されたものである」(第九七条)、さらに「この憲法は、国の最高法規であつて、その条規に反する法律、命令、詔勅及び国務に関するその他の行為の全部又は一部は、その効力を有しない」(第九八条)、とりわけ第九九条が、憲法と国家権力との関係を明快に定義しています。ご存知のように、それはこうです。

〈天皇又は摂政及び国務大臣、国会議員、裁判官その他の公務員は、この憲法を尊重し擁護する義務を負ふ。〉

ですから、「自主憲法制定」を結党理由の第一に掲げている自民党などは、この憲法の本質(とくに永久平和)を端(はな)から軽んじている党派であって、もともと憲法から権力の資源を汲み上げる資格を欠いていいます。「憲法を変える」という党是を、ただそれだけを争点として総選挙を戦うべきです。わたしたち国民が大きく黒黒と黒星を描いてあげますからな。

*

面妖(めんよう)なのは、この第九九条をまったく無視し、さんざんに踏みにじっている自民公明両党が、このところしきりに、第五九条を持ち出して、衆議院でつぎつぎに法案を通していることです。すなわち、その第二項の〈衆議院で可決し、参議院でこれと異なつた議決をした法律案は、衆議院で出席議員の三分の二以上の多数で再び可決したときは、法律となる。〉という、いわゆる三分の二条項を使ってどかどか法律をこしらえている。

わたしたち国民は、わたしたちから発している権力の資源を、ときには無視され、ときには利用され、好き勝手に使われています。わたしたちは自民公明の両党にバカにされているんです。しかもこのあいだの郵政選挙ではその両党に大勝させているのですから、もういいように舐められているんです。大事な政治権力の資源を、いったい誰が汲み上げようとしているのか、わたしたちにはそれを注意深く見張る責任があります。

(クレスコ編集委員会　全日本教職員組合(全教)編『月刊クレスコ』二〇〇九年八月号　大月書店)

社会をみつめて

長生きしませんか

文明の進歩というものは結構なもの、ギリシヤ・ローマ時代の平均寿命は三十六歳だったそうだが、それが、昭和元禄のいま、七十歳近くまで伸びたのは、文明のおかげだ。

ボウフラやメダカの平均寿命が伸びたというハナシはとんと聞かぬから、この有難い現象は人間さまに限るのだろうが、義理に棄つるがこの命、止めてくれるな、行かせておくれ、すがる女の手を払い、それでいいんだ男の道よ、と恰好よく気取っても、所詮は命が惜しいのが人情、その命を伸ばしてくれた「文明」には、足を向けては寝られまい。

ところで、寿命は一般的にはおしなべて伸びてはいるが、ある職業に限って縮んでいるという、全く、命が縮むような統計がここにある。アメリカでは、広告マンの平均寿命が四十三歳、大雑誌の編集者のそれが四十四歳、テレビ関係者のそれが四十六歳だそうだ。

原因は明々白々。たえず売上げや、視聴率に追いかけられる。すこしでも成績を上げるために、幇間よろしく、太鼓をたたき、提灯持って、ゴマをするやら、右顧左眄。週の半分以上は夕食を自宅でとれぬ。煙草スパスパ、酒ガブガブ。やれ会議、それミーティング。徹夜だ、半徹だ。廊下は急げ、道は走れ。赤い目をして、目のまわりは黒い隈。当の御本尊は案外それが自慢で、二言目には「忙しい！　忙しい！」あっちへとび、こっちへ走り、まるで今様牛若丸。上役が冗談半分「ようやっとる」などと、のたもうものなら、会社をひとりで背負って立っているような高揚した気分ではしゃぎまわる。だが、そのうち、ぽっくり、あの世行き——こういう寸法。

さて、わが国の場合、これからは、能力主義だの、サラリーマンは副業を持てだのと、マスコミが、鉦や太鼓でさわぎたてるから、アメリカの広告マン以上に忙しい。それに、加えて、日本のサラリーマンには、麻雀があり、競馬があり、毎日曜日はマイホームのまねごと、その多忙さはまさに凄惨を極める。これじゃ、長生きするのが奇蹟だな。

だいたい、猫も杓子もスリコギも、権力を持とうとするからいけないのだ。権力は、元来、相対的なもので、独裁者は全国民に力を振るい、あなたは女房と子どもに力を振るう。

さて。日本のサラリーマン諸氏の殺人的な多忙さは、会社で、より大きな権力を振るおうと励むことに起因する。立身出世とは、より大きな権力を握ろうと苦心し努力することにほかならぬ。

そのために、モノをいうのは学歴だ。そこで、ごらんなさい、日本に大学の多いこと！

もっとも、そんじょそこらの大学を出たところで、みんなが望むような出世は出来ない。石を投げれば大学生に当るというぐらい数が多いから当然だが、それでも、その事実には目をつぶって大学へ殺到する人の波。

知ってる男の子が、昨年、大学へ入学したが、御多聞にもれず、学園闘争がおっ始まり、講義の方は開店休業。高校生のときから、心情三派のトロツキスト風、本当なら、全共闘の闘士としてゲバ棒振るって機動隊と一合戦に及ぶところだが、家庭の事情というやつで、学費やら生活費稼ぎに、キャバレーのボーイを始めた。日給千三百円。それにチップが同じ額はいる。一か月勤めて、合計すると六万円に及ぶ大金を手中に収めた。

そこで、彼は宣言した。

「大学はやめますわ」

彼が単身上京するときに、田舎の両親から倅をよろしくとたのまれた行きがかりもあり、短気を起こさず、がんばろう、と民青の指導者みたいなカオをして、忠告したら、彼は、呵々と大笑した。

「大学を出れば、偉くなれるでしょうよ、たしかに。金にもなるでしょう。でも、金のことだけを問題にすれば、今のキャバレーの方がずっと率がよろしい。だいたいが、大学出の初任給に六万くれる会社がありますか」

そりゃないだろう。

「偉くなるのを諦めれば、キャバレーの方がぜんぜんよい。ぼくは大学をやめますわ」

そこで思ったのだよ、権力や特権を捨てれば、まだ、日本でも人間並みの生活ができる、とね。

会議の時間に遅れるから、態度の悪いタクシーの運転手の顔を拝んで乗せてもらい、息せき切ってかけつける。そんなこともよそうではないか。「遅れそうですし、気分がすぐれないので、会議は欠席いたします」

電話の一本もかけて、昼寝でもしていればよろしい。パーキンソン氏の法則が明らかにするように、会議というものは出ても出なくてもたいしたことはない代物。次の会議の日取りを決めるのが関の山なのだよ。

忙しい、忙しいといって、山積した仕事の山にとりくむ。だが、その仕事のひとつひとつに思いをいたしてみたまえ。たいした仕事じゃないよ。もしも、たいした仕事だったら、いまのような安い給料で、そんなたいした仕事をさせようとしている会社がわるい。

ドストエフスキーじゃないが「自分はいずれ死ぬもの」という視点で世の中を見渡せば、どうせ死ぬなら、もっとゆっくり人生を生きて、自由を満喫して死のう、という大悟達を得るはず。小さな権力を握ろうとあくせくしても、いずれは、骨になり灰になる身、あくせく生きる手合いに、憐みの情さえわいてくるというものだ。

われわれは無知蒙昧なる輩、だらだらと、だらけて長生きしよう。すべてを少数の権力者にまかせてしまおうではないか。エライ人に、七面倒なことは委せてしまうのさ。エライ人は勝手にあわてふためいて早死すればよろしい。

（『マイウエイ』一九六九年五月号　学習研究社）

◇「生きたビジネス雑誌」というふれ込みだったが長続きしなかった。「斜乱近遠」と題されたシリーズエッセイの最初がこれである。確認できる限り、商業誌からの依頼原稿の始まりであった。肩書に「放送作家」とある。イラストは長新太。四か月間連載。

死の前での平等

中学校野球部の万年補欠だったぼくは、試合の前夜、きまって同じ夢を見た。……はっと気がつくとぼくは補欠ではなく、布製のグラヴをはめた正二塁手で、前進守備をしいているのだ。二死満塁、味方が追いつめられていることが、なぜだかぼくにはわかっている。どういう打ち方をしたのか、健康ボールが扁平になってぼくのほうへ転がってくる。ねじれてよじれた転がり方、ひどく癖の悪いゴロだ。またもや捕り損うにちがいないという、いやな確信で足をもつれさせながら、ぼくはゴロを迎えに前進し、味方ベンチに向ってこう叫ぶ。

「監督さん、これはどういういたずらなんでしょうか。ぼくに試合に出ることのできるような力がないことは監督さんもよく知っておいでではないですか。ぼくもそのことは自覚して、自分の小遣いをさいてスコアブックを買い、芯を尖らせた鉛筆をいつも用意して、よいスコアラーになろうと努力していたところでした。それなのにぼくをいきなり正二塁手に起用するなんてあんまりひどいではないですか」

監督さんは大声でぼくを励ましている。

「肩や手からゴロを迎えに行ってはいけない。足から行け。足の運びとゴロのバウンドを合せるんだ。ボールと遊ぶつもりになれ。ベストをつくせ」

それでもぼくの足はもつれるばかり。ようやく追いついたものの、ボールはぼくのグラヴを弾いてライトのほうへはずんで行ってしまう。ぼくのへまで二点は取られてしまうだろう……。というところでぼくはいつも冷汗をかいて目をさました。実力もないのに試合に出されたらどうしようというおそれが、こういう夢となったにちがいないが、ぼくはこのごろこの夢を「どうも曲者だったぞ」と思うようになった。ひょっとしたらぼくはそのとき一個の個体性を確立し、「人生」というものがあると感じはじめていたのではないだろうか。ぼくが真実おそれていたのは《試合に出されてしまうこと》よりも、《人生というものに登場しなければならないこと》だったのではないか。ちなみに個体性の確立とは、自分は自分であってほかのなにものでもないと気づくこと、というほどの意味だが、整理していえばこうなる。

人間は、自分の与り知らぬうちに、自分の人生の真っ只中にいる。はっと気づいたときはもう遅く、癖の悪いゴロなど問題ではないような、たちの悪い試練が次々に襲いかかってくる。試練はまず条件として立ちあらわれる。近所や学校にうじゃうじゃといる自分より頭のいい競争相手たち。なぜだか自分を苛めることに生甲斐を感じているらしい悪童ども。わが家の貧しさ、それにひきかえ友だちの家の豊かさ。何十回何百回と眺めかえしてみてもどうにも感心できない自分の顔立ち。そしてとりわけ不都合なのは、ぼくの場合は父親のまったき不在。しかも自分を取り巻いているこういった劣悪な条件は夢とはちがう、それと気づいて冷汗を流し飛び起きてみたところで消えてなくなってくれるわけではない。自分が消えてしまわぬかぎり、これらもまた決して退散しないのだ。ただ、相変らずどこかで監督さんの声だけはしている。「それが君のポジションだ。それらの条件の下で生きて行け。そして自分の人生を自分でつくりあげてみろ。ベストをつくせ」と。ベストをつくせなどとはずいぶん曖昧な忠告だ、いったいどうやればいいのだろう。おまけに行く手には、どこかに必ず「死」という底なしの穴が待ちうけているらしい。それははるか彼方にあるかもしれぬし、すぐ近くにあって、次の一歩がその底なしの穴を踏むかもしれない。また、自分のせいで落っこちるのならまだ諦めがつくが、他人に押されて落ちてしまうことも多いという。これはもうばかばかしいぐらい滅茶苦茶なはなしではないか。これに加えて、おそろしいからといって立ちどまることは許されない。時の流れに合せて歩きつづけなければならない。こんな残酷なはなしもないものだ……。こうぼやきながらぼくはこれまでこわごわ生きてきた。そして最近、ある人を失い、それをきっかけになにもかもがいっそうおそろしくなってきたのである。生きて行くのが怖い、死ぬのはなおさら怖い。しかもそう思う方が、じつはずっと人間らしいことなのだと、ぼくはその人の死をとおして教わったのだ。これから綴るのはその人の小さな伝記のようなものである。

今年の一月中旬のある朝、東京の西の外れの小さなカトリック教会で、サルト・ベランジェというカナダ人修道士の送別ミサが行われた。ベランジェ修道士はぼくの恩師である。いや、恩師という言い方は生ぬるい。むしろ彼はぼくらの「父親」だった。ベランジェ修道士はぼくらが収容されていた仙台市の孤児院の院長を、長い間つとめていたが、その朝のミサを最後に故郷のケベック州へ帰ることになっていた。そのための送別ミサである。表向きは「日本からの送別」だが、じつは「この世からの送別」であることは参列者のだれもが知っていた。そして一番よく知っていたのが当のベランジェ修道士だった。ぼくを見ると彼は、急速に痩せおとろえたせいで梅干のように皺だらけの、土気色の顔でにっこり笑って、

「手紙で煙草がやめられないといって嘆いていましたね。でも煙草と肺ガンとはあんまり関係がないんじゃないでしょうか。なにしろ煙草を喫ったことのない私が肺ガンなんですからね。すべては天

主様の思召しですよ」

といった。送別ミサの最後で、彼は参列者に向って短い演説を行った。その全文が彼の死後、御絵（ごえ）の裏に印刷されてぼくらにも配られた。だからぼくらは彼の遺言を好きなときに何度でも読み返すことができる。

日本を去るにあたり、ひとつだけメッセージを残します。聖土曜日に「光の祭儀」という美しい典礼がありますが、この中の「キリストの光」、「神に感謝」ということばを大切にして欲しい。そして皆が人びとの中で、明るく、まじめに、光って欲しい。今、ひとりで悩んでいる人もいます。友を求めている人もいます。学校で、クラブで、社会で、どこでも友だちをたくさんつくって、キリストの光をひからせてください。それは教会の責任でもあるのです。私たち教会の民の責任は、いつでもどこでも、キリストの光をひからせることです。「キリストの光」、「神に感謝」、このことばをメッセージとして残します。

（一月十二日　送別ミサでのメッセージ）

自分の身体がガンに蝕まれていることをはっきりと承知している、これだけでもぼくには英雄的行為であるように思われる。ぼくなら自分がガンだと知ったら、簡単に気が狂ってしまうだろう。ところが彼は知っているばかりではなく、堂々と別れの挨拶までしたのだ。この強さは信仰に支えられているにちがいないが、ぼくには意外なことのように思われた。なにかそぐわないという気がしたのだ。

（……ベランジェ先生は無理をしているのではないか）

御絵の裏にはもうひとつベランジェ修道士のメッセージが載っていた。ケベック州の病院での、彼の最後のことばである。

私は微笑(ほほえ)んでいたい。死の瞬間まで微笑みを絶やさぬよう努めたい。もしもそうしなければならぬのならば……。

（二月十八日）

「もしもそうしなければならぬのならば」という一行が持つ、悲痛な響きに心を打たれる。そしてぼくは、これでこそぼくらのベランジェ先生だと、はじめてほっとした。五十年間の質素で控え目な修道生活を、もっといえばカトリック者としての名誉を一挙に台なしにしてしまいかねない、この本音のこもった、穏やかな恐怖の表現。神の御許にまいる「栄光の時」がもう間近かだというのに、ぼくらの師父はそれが辛くて怖いことだと白状している。このことばを読んだとき、ぼくはベランジェ修道士をいっそう身近かに感じ、死ぬのがいっそう怖くなってしまったのだった。

では、送別ミサでの彼の快活な態度はまったくの偽装だったのかというと、じつはそうでもないので、「なにかそぐわない」という気はしたのは事実だが、彼は決して弱虫ではなかった。いや、それどころか、あるときは拳銃の前に立ち塞って子どもを庇ったりもしたのだった。彼の名誉を守るために時間を三十年ばかりさかのぼらせてみよう。

孤児院は進駐軍キャンプに近く、修道士たちの奔走とキャンプ司令官の好意で日曜ごとにぼくらは「栄養をつける」ためにキャンプへ出かけて行く幸運に恵まれた。ＧＩたちの食事がほぼ終ったころ広大な食堂に入り、余りものを手当り次第にたべるわけである。ぼくらはその食堂で一週間分の喰いだめをした。もっともたいていはガツガツと食べすぎておなかをこわし、喰いだめになったかどうかは怪しいものだが。さてぼくらが夢中になった食物は、今、考えてみると平凡なものばかりだった。最も人気のあったのは、パンとバターとアイスクリームの三種である。とくにアイスクリームは、それを口にするまで、「アイスキャンデーの上等なやつさ」とたかをくくっていたぼくらを仰天させた。アイスキャンデーは口の中でぐしゃぐしゃと砕け、サッカリンの小狡い甘味を残して水が咽喉の奥へこそこそと消えてしまうだけだが、アイスクリームは噛むといちいち歯を柔かくはね返すのだ。しかもその甘味は清らかであって、食物としての個性を堂々と維持しつつ腹の底めざして落ちて行く。つまりアイスキャンデーのように他愛なく甘味つきの水にならないところに、ぼくらは腹の底から感心したわけだ。アメリカ映画で観ていたアイスクリーム、『リーダーズ・ダイジェスト』で読んでいたアイスクリームとは、これだったのかと、高校生の孤児仲間と興奮して喋っていると、同じテーブルにいたベランジェ修道士が次のようなことをいった。

「そう、生きるということはつまりそういうことなのです。私たちはまず名前を覚えます、その正体がわからぬままに、です。やがてどこかで私たちはひょっこりその正体とめぐり合います。名前と正体とがしっかり結びつくと、私たちはとても仕合せになります。そういう仕合せを探して歩くことが、私たちの一生というものなのです」

そのころのぼくらといえば、かねて音には聞いていた黒人やローラースケートやライフル銃や純毛靴下を間近で見たり、実際に乗ったりはいたりして、「ああ、そうか。これがナニナニだったのか」

と毎日、感心ばかりしていたところだったので、ベランジェ修道士の、このことばは記憶に残った。当時の日記帳は空白だらけだが、このことばだけはきちんと書きつけてある。下には赤線まで引いてある。ベランジェ修道士はなおも続けてこういった。

「なかでも最高の仕合せは、天主様のお名前を覚え、その御名が天主様の正体と合致するときです。聖書のなかのおことばや、毎朝のミサでの聖体拝領が、天主様の正体、いや、天主様そのものなのですね。私たち信者は毎日、朝から晩まで天主様の御名を呼びつづけ、翌朝、聖書を読み、聖体をいただきますから、毎日、最高の仕合せを味わっているわけですね。ですからあなたたちも公教要理を一所懸命に勉強して、いっときも早くキリストの兵士になるようつとめなさい」

後半はいかにも説教臭くて、ぼくらは「またベランジェ先生の十八番がはじまった」と笑い合ったが、しかし彼の「名前→＋×正体＝仕合せ」という考え方の「正体」を、たとえば「実体」と言い換えると、これはなかなか示唆に富む人生の方程式になると思われる。恋、名所旧蹟、文学史上の名作、球場での名選手の一挙手一投足など、その名を知るのみだったものの実体に、ある日、自ら望んで、あるいは偶然に、触れる。するとそのとき、名が実体と合致して完全にひとつのものとなる。途端に、世界の一部がしかと腑に落ち、心に一瞬、安堵が訪れて、人はしばらく満ち足りた思いで過すことができる。ベランジェ修道士のいうように、人生はこの発見の連続なのかもしれない。

ただし当時のぼくらには、天主の実体が聖書のことばや聖体だというところは理解できなかった。実体というよりは代用品ではないか。代用品を実体だと思い込むにはまだなにか要るのではないのだろうか。たとえば狂おしいまでの信仰とか、そういったものが必要なのではないか。

ＧＩ食堂の一隅に大きな電蓄がおいてあり、いつもＳＰ盤のレコードがかかっていた。孤児院にくるまでのぼくは映画に狂っていて、とくに聖林（ハリウッド）製の、陽気で単純な音楽映画がやたら無性に好きだった。ぼくの頭の中はアメリカの大衆歌曲の頭やら尻尾やら胴体（さわり）やらでごちゃごちゃになっていた。どの切れっぱしにも名前＝歌の題名が付いておらず、したがってそれらの切れっぱしはゴミ屑同然だった。つまりこの場合は、これまでとは話が逆で、実体はあるのにまだ名前が見つかっていなかったわけである。電蓄が頭の中の切れっぱしと同じ旋律を鳴らすたびに、ぼくはアイスクリームを盛った皿やバタ付パンをおいて電蓄のところへ走って行き、曲名をたしかめた。こうして切れっぱしには次々に正しい名前が与えられ、ぼくの頭の一角はゴミ溜めから整理棚へと変っていった。この仕事は非常にたのしかった。実体だけしかないというのもじつは不安なのだ。名前が見付かって名実あいともなうと、はじめてほっとした気分になる。ときには名付親がわかるだけで充分なときもある。たとえば「実存」という名がある。この実体たるや、いくら考えてもぼくにはわからない。すなわち名のみあってその実体は茫漠。わからずとも命に別条はないから放ってあるが、しかしこういうものはなんとなく気になる。ところが最近、空海の生年を調べようと思って『コンサイス人名辞典・日本編』を引くと、同じ頁に九鬼周造の記事が載っていて、そこにこうあるのを読んだ。

《……Existenz に対して〈実存〉という訳語をつくりだしたのも彼である。》

あいかわらず「実存」の実体はわからぬままであるが、名付親を見届けたことで、この名に対して抱いていた落ち着かない気分は、きれいに消え失せた。このようにしてすこしずつ世界と折り合いをつけて行くことが、ぼくは好きである。大学で言語学を専攻したというベランジェ修道士の、あの人生の方程式がいまでも頭のどこかに残っていて、それがぼくにこういう癖をつけているのかもしれない。

GI食堂には電蓄のほかにピアノがおいてあった。いつだったか、電蓄で「四月の雨(エイプリル・シャワー)」を歌っていたアル・ジョルスンの声がぱたりと止み、かわりに黒人兵がピアノで陽気な旋律を鳴らしはじめたことがあった。旋律は、単純だが歯切れのいい和音と、追いかけられたり追い抜いたり、鬼ごっこをしている。西部劇映画のなかの酒場で鳴っているピアノの音とよく似ていたが、しかしよく聞くとずっとゆるやかな速度の曲で、はるかに優雅である。なにがなんだかわからないが、とにかくぼくらは「いいなあ」と思った。黒人兵は小一時間ばかり夢中になってピアノを叩いていたが、やがて食堂から出て行ってしまった。これもやはり実体は与えられたけれども、名は「名なしの権兵衛」という例である。

そしてこれに名が与えられたのは、それから二十三年あとのことだった。ジョージ・ロイ・ヒル監督の『スティング』を観ていたら全篇、どうしたってこれはあのときGI食堂で黒人兵が叩き出していたやつにちがいないというピアノの音で溢れかえっていたのである。実体に「スコット・ジョプリンのピアノ・ラグ」という名がついたのだ。こういうときである、心の底から生きていてよかった、としみじみ思うのは。

スコット・ジョプリンのピアノ・ラグでは、左手による和音の連続移動と右手による十六分音符に基本単位をとった旋律とがたがいに鬼ごっこをしているが、これと同様に名と実体との絶え間のない追っかけごっこが「生きている」ということではあるまいか。もっというと、ひとつのとき、ひとつの場所で、謎の発生と謎の解決とが同時に行われる。そして無数の謎の発生と、無数の謎の解決との集合が人生なのである。謎の発生とは、頭の中に〈実体のない名〉や〈名なしの実体〉が入ってくること。謎の解決とは、その〈実体のない名〉には実体が、〈名なしの実体〉には名が与えられることである。この珍妙な理屈の唯一の取柄は、人間にとってなぜ死がそんなにもおそろしいのか、それを説明できるところにある。

死には「死」という名のみがあって、その実体＝正体についてはまるでわからない。大学者が三千人集まって何十年も研究し、また討論し合ったところで絶対にわからない。「死」という名に実体＝正体はついに与えられないのだ。これがじつに怖い。死に「死」と名づけた名付親でもわかればまた考えようもあるのだろうが、名付親の探索もできない相談である。これがなんだか薄気味わるい。そういうわけで、他の謎は解決できても、死の謎はついに解決不能だ。そこのところがなんともいえずおそろしいのである。

冒頭に書きつけたように、ぼくらは知らないうちに人生の中に放り出された。そしてその人生は完成された姿で与えられたのではなく、ぼくら自身でつくりあげなければならないものであった。ところがその人生の結尾部(コーダ)が解決不能の謎なのだ。これではよほどの人生の達人でもないかぎり、人生をつくりあげようがないではないか。ましてや結尾部がわからないのでは、人生の盛り上げようがない。ゴールがどこにあるのかわからないマラソンレースに参加しているような不安な気分である。

話の筋が堂々めぐりをしてまた振り出しに戻ってしまったが、ぼくはまだベランジェ修道士がかなりの勇気の持主だったことを証明していない。大いそぎであの事件に触れることにしよう。朝鮮戦争がはじまった年の夏、とある日曜の正午すぎ、例によってぼくらがＧＩ食堂で喰いだめをしていると、突然、近くでパーンという音がした。文字で「パーン」などと書くと火薬玩具の癇癪玉が破裂したぐらいの迫力しかないが、じつは若いＧＩが拳銃を天井に向けて射ったのだった。なぜそのＧＩはそんなことをしたのか。後でベランジェ修道士がぼくらに説明してくれたところでは、

「彼の所属する中隊が数日中に朝鮮へ出発することになっていたらしいですね。それに蒸し暑い日だったし、あれやこれやでカーッとなったんではないでしょうか。つまり当の本人にさえもよくわからない理由で引金を引いたようです」

ということだった。だがぼくらには彼が引金を引いた理由の、その十分の一ぐらいは見当がついていた。がつがつものを喰う毬栗頭の日本人の子どもを見るとひどく不機嫌そうな表情になるＧＩが少なくないことは、ぼくらにもわかっていたのだ。

発射音に驚いて泣き出した子どもがいた。若いＧＩはなにか大声に喚きながら、その子に拳銃を向けた。そのときぼくらはベランジェ修道士がナプキンをおいて静かに席を立つのを見た。そして彼はその子を庇って拳銃の真ん前に立ったのである。ＧＩとベランジェ修道士との間に短い会話（やりとり）があったが、英語だったからぼくらにはわからない。間もなくＭＰが二名やってきてＧＩに拳銃を捨てさせた。ベランジェ修道士はまだ泣きじゃくっている子どもを連れて食堂から出て行った。

公教要理の時間に、ベランジェ修道士は「キリストは全人類を不幸のどん底から救おうとして命を投げ出されました。これがすなわちキリストの愛です」と説いていた。キリストの愛。名前があるだけではないか。ぼくらは鼻の先で冷笑し、救世主の愛と受難の一生をお伽話のように受けとめていた。

ところが、その実体がいきなり目の前、銃口の前にあらわれて名と実体とがひとつになったのだ。その秋、高校生と中学三年生の大部分が受洗したが、むろんぼくもそのうちのひとりだった。みんなベランジェ修道士に傾倒してしまっていたから、なにかというと彼のことを知りたがった。ところが修道士という人たちは過去のことはまったくといっていいぐらい語ろうとしないのである。神父のことを司祭という。祭＝ミサを司るのだ。早朝の御聖堂の花形である。俗なたとえでいえば司会者だ。どうしても目立つ。ところが修道士はミサを司ることはしない。いつもひっそりと布教のための下働きをしている。神父なしではカトリック教会は成り立たず、またそれぞれがそれぞれの役目をしっかりふまえがんばっているわけで、好き嫌いをいうのはまったく無意味だが、それでもぼくは修道士のほうがずっと好きである。そういうわけでベランジェ修道士が自分のことを語ることはあり得ないと見て、ぼくらはほかの修道士たちの間を駆けまわり、すこしずつ情報を集めた。それを組み立てると、ベランジェ修道士は昭和十五年に、孤児院と学校をつくるために満洲に派遣されたらしいということがわかった。ところが翌年、布教活動を禁じられ、おまけに日本本土の収容所に収監された。そして戦争中は中島飛行機工場で戦闘機の主翼づくりの下働きをしていた。戦争が終った途端、病気になった。病気といっても栄養失調による身体衰弱である。二年間、カナダに帰って体力を養いながら言語学の勉強をし、昭和二十三年の春、三十五歳のときに孤児院を建てるために仙台へやってきた。開院の前に、浮浪児集めに上野駅地下道に何週間も通った。浮浪児たちは一応おとなしく仙台までついてくる。そして孤児院よりも一足先に完成していた修道院に寝泊りして、こっちも体力を養い、そのうちよく晴れた朝などに金目のものを持ってふらりと姿を消してしまう。それを連れ戻しに行くのがベランジェ修道士の仕事だった。そして現在に至る……。

　判明したのはこれぐらいだった。これではベランジェ修道士の、あの勇気がどこから由来するのかわからない。結局、ぼくらが彼の口からそれらしいことを聞いたのは、三年後の、孤児院での最後の夜である。高校卒業と同時に孤児院を出るのがきまりで、ここでの最後の食事を院長室でとるのもこれまたきまり、お祝いのブドー酒で顔をすこし赤くしたベランジェ修道士にだれかが、

「先生はどうして修道士を志願したのですか」

　とたずねると、彼はこう答えた。

「死が怖かったからではないでしょうか。まあ、だれにとっても死は恐怖以外のなにものでもないわけですから、これは答にならないかもしれませんがね。……若いころの私は『どうせ死ぬんだ。くよくよ考えたってはじまらない。好きなことを勉強して、教師にでもなろう』と考えていた。しかし兄弟や友人がつづけて亡くなったりして、ますます怖くなってしまった。勉強がどうも手につかない。そこでいっそのこと、死の中へ飛び込もうと決心したのです」

　神に一生を捧げる。すると神は永遠の生を約束してくれる。つまり「死」は呪うべきことではなく、永遠の生の世界への誕生日となる。カトリックは全組織をあげてこのことを保証してくれているように彼には思われた。「修道士になってよかったと思うのは、世の中を見る目が養われたことです。ほかの人からは〈陰気な見方〉だと思われそうですが、私の視点はいつも自分の死の床にある……」

　死という、この世の出口にいつも自分をおいておく。そこから自分の行動を眺めかえす。これが彼の物指しだったのだ。「あの本が欲しい」、「この洋服が欲しい」、「いい学校に入りたい」、「いい会社

に入りたい」……、さまざまな望みが押し寄せてくる。この望みにまきこまれてしまうと自分で自分がわからなくなる。そこでいったんは自分を、自分の死の床まで滑らせて行き、そこから、その本を、洋服を、学校を、会社を眺めかえす。するとたいていのことが死の前で相対化され、真実の値打をあらわす。

「たいていのものの真実の値打がゼロに近くなります。そして欲しくなくなってしまう。死の床から眺めかえしても、千にひとつ、万にひとつぐらいの割合で、どうしても大事だと思うことがでてくる。それについては全力をあげて行う。そしてその結果はすべて天におまかせする。単純だが、かなり有効ですよ、この方法は」

子どもを庇って銃口の前に立ちはだかる。これは彼にとって、その「千にひとつ、万にひとつ」の大事だったのか。

「もうひとつの利点は、この方法によって生きるとずいぶん自分が謙虚になるということです。たとえばなぜだか心がたかぶって他人の意見に反論を加えたくなるときがある。そういうとき、すばやく自分を死の床まで移動させてごらんなさい。『某年某月某日某時刻の心たかぶった自分』や『己れの名誉のために相手に反論を加えたいと思っている自分』は、時の遠近法によって芥子粒ほどの大きさでもなくなってしまいます。……おっと、某年某月某日某時刻にみなさんを相手に自己の生き方について大口を叩くというのも、何十年先かにきっと予定されている死の床から眺めかえせば、とるに足りない些事ですね。今夜はすこし喋りすぎました」

ぼくらの師父の、この夜の教えは長くぼくら自身の指針となった。もとより彼ほどきびしく「この世の出口から眺めかえす」という物指しを用いたわけではなく、その証拠に結婚してみたり、書物や筆記具に目の色を変えたりしている。ただ締切日などにはこの物指しのことがふっと思いうかび、「某年某月某日に原稿が書けなかったということが、いまわのきわの自分の目にどう写るだろうか。答は明らかだ。忘れてしまっているにちがいない」と勝手な自問自答の末、寝てしまう口実としてはよく用いられている。ベランジェ修道士が知ったら、そういう使い方をせよと教えたのではありません、ときっと怒るにちがいない。

ところで、送別ミサでのベランジェ修道士を見て、なにかそぐわないという気がしたのは、彼が珍しくいつもの物指しを使うのを忘れているのではないか、と思ったせいである。送別ミサで快活に堂々と振舞うことなど、時の遠近法をもって眺めれば芥子粒ほどの些事だろうに。そして彼の最後のことばを読んでほっとしたのは、彼のように、十代の後半から六十六歳まで、なぜ人は死ぬのか、どう人は死ねばよいかを根つめて考えつづけていた人物にも、結局、死はおそろしい、としかわからなかったことを知ったからである。

ベランジェ修道士自身、どこかで気づいていたにちがいないが、時の遠近法による慾望や事物や事件の矮小化には根本的な欠陥があるのだ。永遠の生の世界に入るために現世でのすべてを神に捧げる、つまり死の恐怖を乗り越えるために、この方法が発明されたが、皮肉なことにこれは死の床ではまるっきり無効なのである。時の遠近が消え失せるのが死の床なのだから、当然といえば当然だ。死の床についた瀕死の病者が、

「某年某月某日某時刻、すなわち今、自分はまさに死のうとしている。恐しい。この恐怖をいまわ

のきわに移動させて眺めかえそうとしても、いまがそのいまわのきわだから、恐怖は恐怖のままだ。恐しい……」

と自問自答する場面を思えば、この方法が死に対していかに無力かわかる。名のみ高くして実体のない面妖なものたちの総大将である死、これを相対化して手なづける方法は決してみつかるまい。おそろしければもうおそろしがるしかない。五十年間、勇気をもって死と馴れ親しもうと努力したぼくらの師父の最後のことばは、ぼくにそう教えてくれた。

そんなに怖い怖いと騒ぎ立てて恥しくないかと、だれかが指弾するかもしれぬ。「かつて死をものともせず祖国のために戦った勇者たちの時代があった。それなのに卑怯な……」と、そのだれかは難詰するだろう。だが、死が美しいものとして語られる時代なぞ願い下げである。そんな時代は碌なものではない。だれかが、あるいは全員が嘘をついているにちがいない。宇宙にとっては無にひとしいけれど、自分にとってはすべてであるもの、これが命だとすれば、その命を失うことが怖くないはずはあるまい。つまりだれでも死の前では、怖い、怖いと騒ぎ立てる権利がある。となると「死」に名のみあって実体がないのは、これが人間にとって最後の権利であることを際立たせるための、天の巧みな工夫であるのかもしれない。ぼくらはもっと死を怖がっていいのだ。

（『叢書　文化の現在　6 生と死の弁証法』一九八〇年十二月　岩波書店）

反原発運動は保険料である

オーストラリア国立大学で教師の真似事をしていたときの話だが、あまりびっくりしすぎて腰を抜かしてしまったことがある。秋の気配もさわやかな四月はじめの正午(南半球では、四月は秋だ)、大学食堂のテレビの前でミートパイを食べていると、ニュース・アナウンサーが、「シドニー郊外ではスパゲッティの収穫がはじまりました」と告げたのである。驚いて目をこらすと、たしかに画面の中の低い木は、その枝に白いスパゲッティを稔らせている。どの枝にも雑巾モップのように房々とスパゲッティがなっているのだ。アナウンスはさらに続いて、「イタリアからの移民のみなさんの長いあいだの努力が文字通り実を結んで、オーストラリアでもスパゲッティが採れるようになったのです。ありがとう、イタリアからの移民のみなさん」と声を張った。画面へ娘さんが入ってきた。大きな籠を抱えている。カメラに向かって笑いかけ、それからせっせとスパゲッティを枝から捥ぎ取って籠に入れて行く。

スパゲッティは工場で出来るものと信じていたので数秒間はただ呆然……。だがそのうちに「南半球のこの島大陸では、スパゲッティが木になっても不思議じゃないのかもしれぬ」と思いはじめた。太陽だってここでは北の空に輝く。便器の水も北半球とは逆の回転をしながら吸い込まれて行くし、人間の笑い声を真似る鳥もいるし、この間行ったアデレード市の川には黒い白鳥が泳いでいたではないか。こういう国ではスパゲッティが木から採れてもいいのだ。ようやくそう納得したが、そのときカメラが横へ移動、隣の木では中年男が籠からスパゲッティを摑み出して枝にひっかけている。「なんだ、これは?」とまた仰天していると、中年男がカメラに向ってこう言ったのである。

「今日は四月馬鹿(エープリル・フールズ・デイ)の日です」

以後、欧米のテレビだの新聞だのが今度はどんな冗談で視聴者や読者を担ぐのか、それをたのしみに春を待つようになったが、次の年のイギリス国営放送の冗談はだいぶ騒ぎになったらしい。ニュースの最初にアナウンサーが一際（ひときわ）おごそかな声でこういったのである。

「女王陛下の強い御意向もあって本日から国歌がかわることになりました。新しい国歌として制定されたのは、ビートルズの『丘の上の愚か者（フール・オン・ザ・ヒル）』です」

画面が切り換わるとそこは別のスタジオ、オーケストラをしたがえた有名な男性歌手が立っていて、やおらビートルズのこのヒット曲を歌いはじめた。さすがに局へ問い合わせの電話が殺到したそうだ。

年柄年中エープリル・フールの日本国

今年の冗談で傑作だったのはフランスのある新聞のベタ記事で、「まちがって金を混入、造幣局の回収作業はかどらず」というのが見出し。内容は、造幣局工場の手ちがいで一〇フラン貨に大量の金が混ってしまい、そればかりか市中へ出されてしまった。そこで黄金（こがね）色に輝く一〇フラン貨を入手された方は最寄りの銀行へ届け出てほしい。届け出た市民には、大蔵大臣の直筆による「あなたの愛国心が国家の損失を未然に防いだ」というカードが渡される、といったところであるが、朝から銀行に行列ができたという。みんな黄金色の一〇フラン金貨を狙って両替をしにやってきたのである——。

こんなことを書くと、読者の中には「ははん、わかった。おまえは『それにひきかえニッポンは……』と話の筋を運びたいと思っているんだろう。『ユーモアの精神に欠ける』とつづけたいのだろう」と先まわりをなさる方があるかもしれないが、じつはその反対なのだ。ニッポン国は欧米なぞ問題にならないぐらい冗談の栄えている国なのである。

アチラとちがうのは、冗談の発信者がテレビや新聞ではなくて政財界のお偉方だというところで、ついこのあいだもある議員が世界的な評価をうけつつある岩手花巻の詩人をヒトゴロシと罵ってわたしたちを唖然とさせてくれたし、首相はもっと上手で「わけのわからない内容を明快に表現する」という芸当を答弁のたびごとにみせてくれる。答弁が全部、冗談仕立てになっているのだから凄い。

また、ある洋酒会社の社長は社運を賭けて「東北地方にはクマソがいる」という冗談を放った。社運を賭けてまで冗談を言わなきゃ気がすまないという熱意にはただもう頭がさがるばかりである。こういうわけでわたしたちの国は年柄年中、四月馬鹿をやっている。一年に一日しか冗談を言わない欧米などとはとても同日の論ではないのである。

ところで近頃出色の冗談はといえば、内田秀雄という科学者が岩波書店発行の月刊誌『世界』(五月号)の編集部と応待したインタビュー記事に止めを刺すにちがいない。

編集部の付した略歴によると、内田氏は、《一九一九年東京生。東京大学工学部卒。五七年から七九年まで東大教授。同教授時代に原子炉安全専門審査会委員となり、以来すべての安全審査に当たる。八七年十二月より、原子力安全委員会委員長》。長とつくからにはお偉方にはちがいはなく、そのせいかインタビューのあちこちに強力な冗談を仕掛けておられる。

出色の冗談「日本で事故は起こらない」

――反応度事故は、(日本で使用している)軽水炉では起こらない、ということでしょうか。

内田　起こりません。

〈略〉

——でも事故というのは、予測もつかないところから起こるから事故なのではないですか。

内田　日本の軽水炉ではああいう（チェルノブイリのような）事故は起こりません。

〈略〉

——（原子力安全委員会の）決定は地方公共団体等へのマニュアルですか。強制力はないのですか。

内田　（略）委員会が直接関係する問題ではありません。委員会は、その防災対策を地方公共団体等が立案したり、実施するときに、技術的な助言をする役割を果します。われわれは、安全上重要な問題は事故を未然に防ぎ拡大させないということと考えています。（傍線は筆者）

「起こりません」と二度もきっぱりと言い切っておいて、「拡大させない」と躱（かわ）すところがギャグになっている。「拡大させない」ということは「事故は起こります」ということだからである。

——電力会社がこういった調整運転をするというのは、すでに原発をつくり過ぎてしまったからではないでしょうか。

内田　それは安全委員会としては何も意見は言えません。

——個人的には？

内田　いや、個人的にも意見はありません。

自分の意見というものなしにこれほどの重職がつとまるわけがない。だいたいが頭のからっぽな人間をお上が要職につけるわけはないのであって、内田さんは明らかに『世界』の編集部員を担いで楽しんでおられるのである。内田さんの名誉のために大急ぎで付け加えさせていただくと、この方にもご自分の意見はおありで、たとえばインタビューの中でこうおっしゃっている。

《日本の原子力防災というのは災害対策基本法で、地震とか火山の爆発とか洪水、そういう一般の災害対策の一つとして扱われています》

つまり、原発事故は起きる、がしかしそれは地震や噴火や洪水と同じように天災だ、これが内田さんの意見なのである。人災を天災にしてしまうのだから、スパゲッティを木にならせてしまうよりスンダ冗談ではないか。いってみればこの方は冗談のかたまり。骨の髄まで四月馬鹿なのだ。そういえば内田さんは以前にも同じようなことを発言なさっている。それはこうだ。

《想定事故を上回る事故が仮りに起これば、それは、いわば天災の類(たぐい)であって、当事者にとって免責とされる》(『原子力工業』一九七三・九)

やはり事故は起こり得るようである。インタビューの中で二度も繰り返された「起こりません」は冗談だったのだ。そして起こってもそれは天災だから原発をつくった側には責任がありません、とチラリ本音が出た。冗談にまぎれてコワイことを言うお方だが、ときに内田さんのお使いになった「免責」というコトバはもともと保険業界の業界用語である。そこで彼の智恵にならって保険という窓から原発を眺め直してみよう。

保険の常識も通用しない原発の危険性

一九八六年一月、フロリダの青い空に砕けて散ったNASAのスペースシャトル「チャレンジャー」には保険が付いていなかった。宇宙衛星はとかく事故が多い。そこで保険料率もべら棒に高い。一説によればその建造費の三分の一だそうで、「チャレンジャー」の値段は五〇〇〇億円、したがって保険料は一五〇〇億円以上になる。米国政府としては保険をつけたくて仕方がなかったのであるが、しかしこの途方もない保険料に尻込みしてしまった(ゴドフリー・ホジスン『ロイズ』一九八七 早川書房)。一方、スリーマイル島の原発の保険料率は一〇〇ドルにつき五セント(〇・〇五パーセント)、これはとても低い料率である。単純計算でいうと、原発は宇宙衛星の六〇〇〇倍も安全である。いや、安全なはずだった。がしかしチェルノブイリ以後、業界の、たとえばロイズ保険市場などの態度に変化が生じたようである。ロイズのシンジケートの中には冗談好きがいて、どんな申し込みをも半分シャレで引き受ける。有名な例にネス湖の怪獣に付けられた保険があって、申し込んだのはウイスキーのカティサーク社。新製品の宣伝のために〈ネッシーを生け捕りにした者に一〇〇万ポンドの賞金を出す〉という奇手を打った。そして本当にネッシーを生け捕りにする豪傑の出現に備えてロイズのあるシンジケートと保険契約を結んだわけだが、それはとにかくチェルノブイリがあってから、「どんな保険であろうと料率次第では引き受ける」と豪語していたロイズが、とくにその原子力小委員会あたりが原子力保険の再保険の交換に躊躇の色をみせはじめたようだという噂である。

事情通の語るところでは、世界各国が原発の建設を中止せざるを得ないのは、世論の高まりによるところがもとより大、しかし何番目かの理由に原発の再保険がつかないということがあるのではないか、とのことだ。巨大な危険を分散消化するために国際的な再保険システムがはたらいているのだが、そのシステムが機能しなくなりつつあるらしい。

「危険のあるところに保険あり」という業界の格言が通用しなくなったのである。あまりにも危険が大きすぎると、それはもう危険とは呼ばない、破滅と呼ぶ。そこでこれからありうるたった一つの保険は、われわれ一人一人が保険料として反原発の行動を積み立てて行くこと。積み立て期間は相当長期にわたるはずだが、しかし満期には地球が還ってくる。

（『朝日ジャーナル』一九八八年五月六日十三日合併号　朝日新聞社）

ニホン語日記より(その一)

宰相の言語能力

連立政権時代が始まり、だれもが「半永久的な政権党」と信じ込んでいた自民党が野に下った。自民党は熱烈に政権復帰を願い、そこへ「反小沢」という風が吹き、この二つが村山富市氏を宰相の座へ押し上げて行った。そのころ、「次の首相という下馬評がしきりですが……」という記者団の質問に村山氏はこう答えた。

「どこの国の話じゃ」

この長眉の老人は意外な言語感覚を持っている、と思ったのはこのときだ。とぼけた滑稽味がある。村山政権が実現してしばらくの間、宰相の評判は悪くなかったと思う。いや、好評のうちに迎えられていたと云った方がより正確だろう。とくに財界は口をきわめて褒め称えた。たとえば就任二カ月後の、平成六年八月の評判(朝日新聞による)。

〈率直で飾り気のない人柄で、日本が直面している課題についても認識している。〉(稲葉興作石川島播磨重工業社長)

〈(アカではないかと)心配していたが、やっていることは社会党左派の人とは思えない。期待した

い。〉（大賀典雄ソニー社長）
〈減税や規制緩和を強い決意でされるようで、長期政権が期待できる。〉（諸橋晋六三菱商事会長）
〈初めて会ったが、飾り気のない人、素直な態度で大変立派だ。〉（松下康雄さくら銀行相談役）

ここで若干の注釈。たいていの日本人の政治に対する基本的姿勢は「中道右派」である。村山政権を歓迎したのは、もっぱらこの中道右派に属する人たちであって、それより左（リベラル）の「中道中立派」や「中道左派」、そして「左派」には評判が悪かった。

すなわち、水俣病、被爆者援護法、元従軍慰安婦問題などには辛うじて合格点をつけることができるとは云え、村山首相は、自分が委員長を務める社会党の公約を次つぎに投げ捨てて省みなかった。

たとえば、

自衛隊合憲の明言
消費税率アップの決定
ウルグアイ・ラウンド合意案の受け入れ
小選挙区区割り法の成立
米軍基地用地強制使用問題で大田沖縄県知事を提訴
オウム真理教への破防法の適用の決断
住専不良債権問題の公費処理の決定
伊勢神宮参拝

〈あえていえば宗教法人法改正も、自由とか民主主義とか、社会党が護憲という旗で守ってきた

「戦後の精神」を裏切るものだ。〉(石川真澄朝日新聞論説委員)

時事風刺劇団「ザ・ニュース・ペーパー」の、村山首相に扮した俳優の十八番の科白(これを云うと決まって客席は沸きに沸くのだが)、

「わが党は、つねに、終始一貫して、この、ころころころころ変わってまいりましたわけですね」

これは村山首相の五百五十五日間を、かなりの精度で云い当てているはず。そういえば、彼が「苦渋の選択」という決まり文句を口にするたびに、わたしたちはその言語能力の乏しさに失笑したが、生まれついての左派が、この一年半、たえず中道右派的処理を強いられていたのだから、たしかにそれは、「苦渋の選択」の連続だったわけで、笑ったりして悪かったかもしれない。

話を前に戻そう。前述したように、初めのころの村山首相の言語運用には、これまでの首相にはないおもしろさがあった。あえて云えば、普通に語っているという親しみ、おもしろみ。もう一例あげると、九四年夏、ナポリ・サミットから帰った彼は記者団にこう語った。

「ナポリでは体調を崩しましてね。帰りの飛行機の中で、なかなか眠れず、なんでこんなこと(首相就任)になったのかなあ、と来し方を振り返りました。それで巡り合わせでこうなった以上は、腹をくくってやるしかないと思い定めたわけですね」

自分の感覚から言葉を紡ぎ出そうとする態度がうかがわれて、好意を抱いた。

と云うのも、それまでのわたしたちは、政治家たち、とりわけ宰相の言葉が、つねにその場かぎりの「叫喚的なスローガン」(丸山眞男)になってしまうことにつくづく閉口していたからである。戦さへ出かける前か、あるいは戦さから帰ってきた将校のような、高揚した、しかし空威張りの、それでい

て、どこをどう切っても中味は空っぽのスローガン的もの云いに辟易（へきえき）していた。これはあらゆる政党の党首たち、市町村の首長たち、いわば「一流」の政治家に共通する特徴だが、この宰相は、「ひょっとしたら、この国の在りようを、普通の言葉で、しかし骨太に語ってくれるかもしれない」という期待を、わたしたちに抱かせたのである。

余談になるが、筆者は一流の政治家の定義を勝手にこう決めている。この国の在り方を骨太に議論しながら、国民の前に十年先、二十年先のゴールを示すこと、それも普通の言葉で。それが出来ないような政治家にとても税金の使い道を任せるわけには行かない。

村山首相にかけた期待はどうなったか。やはり自分の信条を口にするときは力がありました。わが国の中道右派(保守勢力と云ってもよい)には国内政治に及ぼす影響を恐れてどうしてもアジア諸国に謝罪が出来ないという五十年来の持病がある。しかし村山首相はこの点では健康で、九五年八月、次のような談話を発表した。

〈……わが国は、遠くない過去の一時期、国策を誤り、戦争への道を歩んで国民を存亡の危機に陥れ、植民地支配と侵略によって、多くの国々、とりわけアジア諸国の人々に対して多大の損害と苦痛を与えました……〉

あのときの村山首相は生き生きしていた。言葉の力で過去を詫び未来への道を切り拓こうとしていたからである。もっともそう思うのは、筆者が中道左派寄りの中立派だからかもしれない。

なによりも残念だったのは、沖縄米軍基地の用地強制使用問題で大田知事を提訴したこと。あのとき、

「わたしの信条から云っても、到底、沖縄知事を、そして知事を選んだ沖縄県民を訴えるなどということはできません。……よって辞任いたします」

という趣旨の演説が行われていれば、それは彼の生涯の中でもっとも力強い、そしてもっとも美しい言葉になっただろう。つまり、日本語の上から云えば、村山首相は辞任の時期をまちがえたのである。

（『週刊文春』一九九六年一月十八日号　文藝春秋）

紋切型

橋本内閣の新閣僚の記者会見をまとめて放送した十一日深夜のＮＨＫ総合テレビを見聞きしている間、筆者の脳裏にしきりに「紋切型」という言葉が浮かんでは消え、消えては浮かんで行った。同じ印象を抱かれた方もおいでで、たとえば筑波大学の天野勝文教授は、新閣僚の記者会見の感想を次のように書いておられる。

〈組閣のたびに「○○大臣を拝命した」という表現が前から気になっていたのだが、この際と思ってチェックしてみた。／「広辞苑」によると、［拝命］①命を承ること②官職に補任されること――とある。役人の世界では、②の用法が人事に関連して使われているようだ。が、それ以外のところではあまり聞かない言葉だ。／新閣僚は「官職に補任される」ためだろうか、出るわ出るわ、「○○大臣を拝命した××」と、次々に［拝命］が飛び出した。梶山静六官房長官の冒頭発言の部分は聞き漏らしたのだが、あとの十九人の新大臣のうち十一人が［拝命］を使っていた。〉（読売新聞一月十八日付夕刊）

この「拝命」などは紋切型の最たるものだが、天野教授は、この言葉に〈どこか国家主義的なにおい〉を嗅ぎ当てられて、文章をこう結んでおられる。

〈閣僚の半数以上が何のこだわりもなく(私にはそうみえた)「拝命」を使ったことに、やはり名状しがたい思いが残る。〉

もとより筆者は(おそらく天野教授もまた)紋切型を頭から否定する気はないので、紋切型、つまり、「新味に乏しく、型どおりの、決まり切った、杓子定規のやり方や言い方」にも大した効用のあることは充分に分かっているつもりだ。

たとえば、紋切型は、ものごとを判断する際に、労力の節約になることはたしか。ものを言うときにも言葉の量をうんと節約することができる。

重大事件発生！　押しかけてきた記者たちの前に責任者が現れる。事情を説明しようにも、その段階では余計な言葉は禁物。でないと事態はかえって混乱するおそれがある。そこで彼の責任者は、あの有名な紋切型を口にすることになる。

「まだくわしくは聞いていない。事実とすれば大変だ。さっそく調べて善処する」

宮中でなにか御目出度い式がある。いくらくわしく書いても、なにしろ読者に縁遠い式典ではあり、それよりその前に記者の方にその式典を言葉にする能力がない。そんな式典はそうたびたびあるものではないから、記者の力不足を責めてはいけないので、こんなときのためにも紋切型が用意されている。

「古式ゆかしく執り行われ……、さながら王朝絵巻を見るよう……」

この手の紋切型はたくさんあって、たとえば被災地に響き渡るのはなぜか必ず「復興の槌音」であり、暑い日はなぜか必ず「水銀柱はうなぎ登り」になることになっている。

わたしたちの日常会話でも事情は同じことで、集まりでスピーチをするときは「諸先輩たちをさしおいて……」、あるいは「突然のご指名で……」と前置きをふり、電話でものを頼むのに「電話で失礼ですが……」と切り出し、知人に会えば「お子さんも、ずいぶん大きくなられたでしょう」とお辞儀をし、土産を頂戴すれば「子どもがよろこびます」とおしいただく。みんな一種の紋切型である。

わたしたちは、ものごとに単純に、固定的かつ機械的に反応しながら生きている。別に云えば、型どおりの枠を使って労力や言葉を節約し、またその枠に寄りかかることで安心を得ながら生活しているわけである。まさに「紋切型さまさま」だ。

ここで新閣僚の記者会見に話を戻すと、「拝命」のほかに、もう一つの紋切型が耳についた。

まず、○○大臣を「拝命」したと云い、次にその省庁が現在抱えている問題をひとくさり述べてから、その問題について、どなたも、

「……と理解しております」

「……と重く受け止めております」

「……と心得ております」

「……と認識しております」

右の四つの型で締めくくられたのである。

紋切型はなおもつづく。その問題について、就任中にどうするつもりか。

「……精査して、最善を尽くす」

が多かった。

「……なになにすることで万全を期したい」

というのも定型になっていたようである。

記者団にしても紋切型で、記者たちは最後に決まってこう質問の矢を射た。

「大臣、住専からの献金は?」

もちろん、「貰っています」と答えた閣僚は一人もおいでにならなかった。ま、これは当たり前だが。

ここまでを要約するなら、先ごろの新閣僚の記者会見は、「記者会見という紋切型の進行次第の中に、紋切型の挨拶と答弁がぎっしり詰まっていた」のである。

前に述べたように、紋切型には、見方によって効用はあるけれど、しかしその効用にも限界がある。ものごとの動きが固定し、習慣化しているときは、労力や言葉の節約になって有用だが、ものごとの動きが激しくなるにつれて、紋切型のやり方や言い方は、現実から次第に浮遊して行ってしまうのである。

世界的に気象異変がつづき、地球温暖化がだれの目にも明らかになってきている。アジアでは、朝鮮半島や中台(ちゅうたい)海峡に暗雲が張り出してきているかのようだ。国内では、近い未来に不良債権が、遠い将来に巨額の赤字国債が待ち伏せしており、金融不安の霧が濃く立ちこめている。規制緩和が合言葉で(なにかに一色、一辺倒になるのも、わたしたちの紋切型だが)社会の枠組が大きく、激しく揺るぎはじめている。新聞にコンピュータとインターネットの活字が載っていない日はなく(このへんの紙面づくりも紋切型だ)、中年のサラリーマン諸兄も重い腰を上げて一斉にパソコンを物色しはじめた。このように万物が激しく動きはじめているときに、紋切型の出番はないはずだが、われらが大臣諸公はなんと型どおりの挨拶を……。一人でもいい、破天荒な挨拶をする大臣がいないものだろうか。枠からはみ出した言葉遣いをしないと現実には追いつけないのだが。

この勝負どころで、紋切型の挨拶しかできない閣僚で構成された内閣……。今度もあまり先行きがよくないかもしれない。

(『週刊文春』一九九六年二月一日号　文藝春秋)

通達論

ただいま天下の耳目を集めているのは疑いもなく住宅金融専門会社、いわゆる住専の不良債権処理問題である。米国の中央情報局(CIA)が日本国内に情報員を放って調査したところ、日本全体の不良債権の額は百十兆円に及ぶとのことだが(あすこはあいかわらず仕事が早いようだ)、七社の住専がこしらえた不良債権はその十四分の一弱の八兆円余。まずこの住専の不良債権処理が最初の試練、これをどれだけ上手に為(し)こなすかにいまや日本国の命運がかかっているらしい。ここで処理を誤れば日本に未来はない、それればかりか世界金融の仕組みが大きく揺らいでしまうともいわれている。バブル、米国の経済学者ガルブレイスが云うところの、あの「陶酔的熱病(ユーフォリア)」の勘定書がとうとう回ってきてしまったのだ。

あの熱病をあれほど盛り上げ、ここまで日本経済を重篤（じゅうとく）に陥れたものは何だったのだろうか。冷静に思い返してみよう。

あのとき、国民の大半が、地価が上昇するだろうと期待していた。つまり「地価は上昇するはずだという国民的期待」によって地価は上昇したのである。甲は都心の小さな家を高値で売って郊外に大きな家を求め、乙はマンションを売って一つ順位が上のマンションに移り、また丙はワンルームを買い込み他人に貸して利殖を計り、そして国鉄は地価の上昇を当て込んで民営化に踏み切った。上昇分で赤字の清算ができるだろうと皮算用したわけだ。こうして、〈地価高騰は東京のみならず瀬戸内海の小島にまで及んだ……〉（講談社『昭和』第十八巻）。

つけくわえれば、「財テク」が流行語になって利殖雑誌に羽根が生え、主婦たちまでがＮＴＴ株を買いに走り、大勢が十万円の天皇在位六十年記念金貨の購入に行列をつくったりもした。あれもこれもすべて、いつか価格が上がるだろうという善男善女の期待がバブルをつくったのである。あんな全国民的熱病を千や二千の人間で起こすことができるはずがない。

だからといって、国民の税金で住専の不良債権処理に当たるべきであるという意見には、筆者は断じて与（くみ）しない。国民はもう十分に勘定は払ったのだから。バブルがはじけてから今日までの四年間に公定歩合は六％から〇・五％まで下がった。これでどれだけ家計から銀行に所得が移転したか。ある試算では二十兆円を超すという。大ざっぱな計算だが、国民一人当たり二十万円ずつ銀行へ払い込んでいる勘定になる。中には熱病に浮かされなかった人もいるわけで、それらの人たちは飛んでもない目に遭ったことになるが。

……などと書いているとどこからか、

「なにをいつまでごちゃごちゃ云っているのだ。住専は民間企業じゃないか」という声が聞こえてきそうだ。「つまりこれは民間企業の破綻問題なのだから、当事者たる民間がきちんと対処すべきである。それでも結論が出なければ、裁判所による法的整理を求めればよい。分かり切った話じゃないか」

たしかに、新聞や週刊誌のいたるところに右のような意見が出ているけれど、果たしてそう言い切れるだろうか。

住専にたいして当局からいくつかの「通達」が出ているが、なかでも一九七五(昭和五十)年の「関連会社通達」が重要だ。この通達によって、住専は以下に記す三つの、注目すべき性格を持つことになったからである。

一、母体行の関連会社になることで、住専は、役員派遣を含め、母体行による経営支配権を認めた。
二、その代わり、母体行の関連会社である住専の様態や業務内容については、具体的なケースごとに当局の指導に従うということになった。
三、住専は当局にたいして四半期報を提出することを義務づけられた。

つまり大蔵省は、住専にたいする指導権限を持ち、母体行は住専の経営を支配することになったのである。試みに「通達」を国家行政組織法で調べてみると、こうあった。

〈各大臣、各委員会及び各庁の長官は、その機関の所掌事務について、命令又は示達するため、所管の諸機関及び職員に対し、訓令又は通達を発することができる。〉(第一四条二項)

ここで経済ジャーナリスト北沢栄さんの文章を引く。

〈日本の行政で透明なのは、「官報」にも載る法律(議会が決める)、政令(閣議で決めるる)、省令(大臣が決める)、告示(大臣が決める)までである。通達になると、俄然不透明になる。法的根拠やルール、判断・適用の基準が、不明確なためだ。責任も不明確になる。〉(「週刊エコノミスト」一月三十日号)

基準が不明瞭なわりに、通達にはすこぶる力があるらしい。それは役員の構成を見ればよくわかる。以下に住専七社の、設立以来の役員数を書き出してみよう。なお、括弧の中は、上段が母体行から来た役員数、下段は大蔵省からの天下り数である。

日本住宅金融　四五(三五／二)
住宅ローンサービス　一三六(一一八／〇)
住総　七〇(六六／二)
総合住金　一二〇(一〇八／三)
第一住宅金融　四四(四〇／一)
地銀生保住宅ローン　六〇(五四／三)
日本ハウジングローン　五七(五二／二)

つまり役員の九割以上が、母体行や大蔵省からきた人間で占められている。もっとはっきり云えば、住専とは母体行と大蔵省とが共同で経営していた会社だったのだ。こんな会社が民間会社と云えるだろうか。

今度の住専問題では、いたるところで「通達」なるものが活躍している。例の「総量規制」にしても通達であった。通達を出す役人、それを後生大事に奉っておけば甘い汁を吸うことができると信じていた銀行、そしてこの両者のつくった関係が、住専の出した不良債権の真の責任者であると断じてもまちがいあるまい。そこで結論は次のようなことになる。通達に係わった役人は責任をとって職を退くこと、銀行は国民から移転してきた利息で穴を埋めること、そうして両者は通達などという妙なものを仲立ちに二度とこのような怪しい関係を持たぬこと。この三つが通らぬうちは、この先どんな弥縫(びほう)策を提示されても耳を傾ける者など一人としていないだろう。

(『週刊文春』一九九六年二月十五日号　文藝春秋)

政治家の国語辞典

四月一一日、連立与党三党(自民、社民、さきがけ)は、野党、新進党との「合意」にもとづいて、例の住専処理予算六八五〇億円を織り込んだ九六年度予算案の衆議院採決を強行した。

ここまではどなたも御存じのはず。

「国民多数の声を無視してけしからん」と腹を立てた方もあれば、「金融システムの混乱を防ぐためには仕方がない」と渋面で納得なさった方もおいでだろう。こっちなどは立腹した口だが、それはともかく、この与野党の合意にどうやら岩波書店発行の『広辞苑』が主役を演じたらしいのである。日々のことばの移り行きに興味を持つ人間の一人としては、これを見逃すわけにはゆかぬ。そこでこの間の事情をもう少し詳しく見ることにした。

御記憶かどうか、新進党は昨年夏の参院選で、

「住専処理策への公的資金の導入」

を掲げて戦った政党である。ちなみに公的資金とは「税金」の役人用婉曲語だ。

ところが昨年末からこっち、大多数の国民が住専処理への税金投入に猛烈に反対した。これまで国民は「税金の取られ方」には反発してきたが、ここにきて「税金の使われ方」に異を唱えるようになってきたわけで、わたしたちもよほど利口になったのである。

さて、全土あらゆるところから上がった税金投入反対の声の大きさに驚いた新進党は、今国会では「野党ポーズ」をとった。新進党議員諸公のもっとも嫌う言い方をすれば、彼等は、野党デゴザーイという「パフォーマンス」を演じて、税金投入反対を唱えたのである。このあたり我ながらきびしい言い方をしていると思わぬでもないが、なにしろこっちは新進党が目高の佃煮や金魚の刺身よりも苦手だから仕方がない。

もちろん、この翻意が本心から出たのであれば、「国民多数の声を大切にする政党」ということだから慶賀に値する変心だが、そのへんはずいぶんと怪しく、本心は昨夏の参院選のときと変わっていないらしい。しかし一度、税金投入反対の野党的ポーズをとった以上、そう簡単には投入賛成には回れない。そこで新進党は、予算案の前文にあたる総則に、

「緊急金融安定化資金の六八五〇億円については、制度を整備した上で措置する」

という一行を書き加えることと引き換えに一一日の採決に合意した。そして新進党はこんな手前味

噲を言う。

「予算書の総則を修正することで、目的（住専予算の凍結あるいは削除）に一歩近づくことができた」

さらに同党の西岡武夫国対委員長は、一二日の記者会見で、『広辞苑』を持ち出して、「措置」とは「削除」のことだという珍解釈を開陳した。

「広辞苑には『措置』とは、とりはからって始末をつけること、となっている。『執行』（という意味）は含まれない。自民党が持っている広辞苑にも同じように書いてあるはずだ」（一三日付朝日新聞による）

つまり新進党は、税金投入に反対か賛成か、その態度を意識的に「曖昧にしよう」と謀って、広辞苑の定義の中に逃げ込んだわけだ。時価数千円の防空壕か。ずいぶん安くあげたものだ。

各紙の伝えるところでは、この「措置」にたどりつくまで、与党と新進党との間で何度も綱引きがあったらしい。

初めのうち、与党三党は新進党にたいして、

「制度を整備し、執行する、ではいかがか」

と打診した。その意味はたぶんこうだろう。

（これからお互いに時間をかけて不良債権の処理方針を決めましょう。国民の反発を買わずにすむ仕組みが見つかるかもしれないし、たとえ見つからなくとも、だいたいが国民は健忘症ですから、時間が経てば、税金投入に腹を立てたことさえ忘れてしまっていますよ。その頃合いをみはからって執行する、というのはいかがか）

といったところだろう。これにたいして新進党側は、

「いや、いかん。『執行』には積極的な語感がある」

と反論し、こう提案した。

『措置』ということばを使ってもらいたい。『措置』なら中立的なニュアンスがあるし、それなら考えないでもない」

こうして、

「制度を整備した上で措置する」

という迷文句が作り出されて綱引きの大筋のところは決着を見、新進党は連立与党三党との合意に至ったわけである。

新進党の言うように、「措置」は中立的なことばだろうか。少なくとも筆者はそう思わない。三文物書きの意見じゃ心もとないというのであれば、他の国語辞典を見てもらってもいい。広辞苑の「措置」の項には、たしかに「とりはからって始末をつけること」という定義しか書いてないが、他の辞書にはいろいろ参考になる例文が載っている。その中からいくつか引いてみよう。

〈(措置とは)社会福祉において、要援助者のために法上の施策を具体化する行政行為。〉(三省堂「大辞林」)

〈(措置入院)精神保健法に基づき、都道府県知事の権限で、自傷・他害のおそれのある精神障害者を、複数の指定医(精神科医)の判定によって強制的に病院に入院させること。〉(小学館「大辞泉」)

〈独逸国に対する宣戦の詔書――大正三年八月二三日「必要なる措置を執るに一致したり」〉(小学館

「日本国語大辞典」)

ちっとも中立的ではない。まことに積極的である。なにしろこれから戦さをしようという詔勅にさえ使われているぐらいだ。

じつはもっと大切なことがある。それは、ことば一つ一つではなんの意味も持たない、ということ。考えが、文脈があって初めて意味を持つ。これは自明の理だ。ここでの文脈は「予算書」ということである。もっと正確に言うなら、〈予算書は執行のためのもの〉だ。さらに細かく言うなら、〈そこに書いてあるのは、税金の使い道だけであって、税金を使わない道については何一つ書かれていない〉のである。そこで、「制度を整備した上で措置する」は、「制度を整備した上で税金を使う」という意味にとるのが普通だろう。

それにもかかわらず、我らが議員諸公は「措置には税金を使うという意味はない」と強弁する。彼等の持つ辞書は、わたしたちの辞書とはちがうらしいが、もっと真っ当な、普通の辞書を机辺に備えてもらえないものだろうか。そういう辞書を買うための税金なら何千円だろうとおしむものではないが。


(『週刊文春』一九九六年四月二十五日号　文藝春秋)

国籍不明

オーストラリアから日本に移り住んで丸三年になる友人が、先夜、突然、こんな電話をかけてきた。

「JRのことで質問があります。日本語辞書によって、Japan Railway の略語だというのと、Japan

Railways の略称であるというのと二通りあるのですが、どちらが本当ですか」

手もとの国語辞書を引いてみると、JRの基になっている英語名は二通りどころか三通りの説があった。

Japan Railway とするのは、『広辞苑第四版』、『福武国語辞典』、『角川必携国語辞典』など。Japan Railways と複数にしているのは、『小学館大辞泉』、『三省堂大辞林第二版』など。どちらも通用するとしているのは、『講談社日本語大辞典第二版』……。

そこで友人には、次のような手紙を書き、各辞典を複写したものを同封して送っておいた。

「どれが本当か、私にもよく分からないのです。ただし、JRというのは、旧日本国有鉄道(正式な英語名は、Japanese National Railways でした)を分割した民営旅客鉄道会社六社と貨物鉄道会社一社の総称のはずですから、つまりJRグループということですから……Railways と複数になるのがいいように思いますが」

半月ばかり前の夜、日本人の若い友人と東京駅で総武線から乗り入れてきた横須賀線電車に乗って発車を待っていると、こんな車内放送があった。

「お急ぎのところまことに申し訳ありませんが、ただいま乗務員を手配中ですので、もうしばらくお待ち下さい」

「手配」は不穏当のような気がした。若い友人などは笑っている。たしかに手配には、〈一、人々にさせる仕事の段取り。てくばり。二、犯人をつかまえるために指令を出すこと。〉(『角川必携国語辞典』)

と二通りの意味に用いられるが、私たちの語感は、日頃から「指名手配」ということばで鍛えられているせいか、手配といわれると、二の意味に取ることが多い。つまり「そのうちに怪しい乗務員が乗ってきますからね」といっているように聞こえたのである。またたとえ一の意味に取ったとしても、「この電車の運転掛りにはだれも予定していなかったのですが、やはり電車にも運転掛りが必要だと分かりましたので、いま手空きの運転掛りを探しています」

というようにも聞こえる。

「東京駅では乗務員が交代いたします。しばらくお待ち下さい」

とでも云えばお笑い草にされずに済むのにと若い友人と話し合ううちに、どうやら「手配中」の乗務員がつかまったらしく電車は無事に動き出した。

もちろんＪＲが憎くて書いているのではない。旧国鉄時代から汽車や電車のお世話になっているから御恩は海山ほどある。そこで筆者なりの流儀で――たとえばＪＲで行けるところなら、そこがたとえ北海道の北端であろうと絶対に飛行機は使わずにＪＲで行く――その御恩に酬いようとしているつもりでいる。ただし多数の日本人が大切に利用するものであるから、ＪＲ側も、たとえば日本語を大事に使う義務があるのではないか。けれどもＪＲは、「全国交通網であるから自分たちの選んだことばを何百万、何千万の日本人が口にする」という恐ろしいような事実にまだ気づかず、今のところはカタカナの大好きなお役人と並んで日本語紊乱軍の先頭にいる。それは時刻表を見れば一目であきらかで、じつに珍奇な名前の列車が日本中を走り回っている。

快速さわやかウォーキング飯田号(東海道・飯田線)、ナイスホリデー近江路(東海道本線)、サンダーバード（特急スーパー雷鳥のこと）、シーライングラシア（東北・石巻・気仙沼線）、スーパーホワイトアロー号（函館本線）、ビバあいづ（喜多方―郡山）、ＳＬあそＢＯＹ（豊肥本線）……。

快速ノスタルジック・ビュートレインというのもあって、これは秋田と弘前の間を走る臨時列車だが、この命名は秋田から弘前にかけての一帯を「懐古博物館」みたいな扱いにしてしまっており、現に生きている地元の人たちがよく腹を立てないものだと余計なことだが心配になる。いったいにＪＲの列車名は、懐古趣味をそそろうというときは別として、漢字地名は読みやすくするために平仮名にして、それにハイカラ味を出すためにカタカナの（ときにはアルファベットのままの）英語を付けるという原則で命名されているようだ。云ってみれば、平仮名のぼた餅を頬ばらせておいて、同時にカタカナ英語でビンタを張るやり方、どちらも無用である。

それにしてもＪＲは、Japan Railway の略語か、それとも Japan Railways の略称か。調べてみると、この問題について最初に言及されたのは、筆者の知る限りでは仏文学者の小林善彦さん。三年前、小林さんは、「ＪＲとはなんだろう」と題したエッセイ（大修館書店発行「言語」九三年六月号所収）でこうお書きになっている。

〈……ＪＲ東日本の広報課に電話をかけて、ＪＲはいかなる英語の略号なのかを尋ねてみた。応対に出た人は、まったく意表をつかれた様子で、はじめは質問の意味がわからなかったようであった。しかし私が説明すると、「ちょっとお待ち下さい」といって、どこかへ聞きに行った気配であった。大分たってから、「お待たせしました」といって教えてくれた英語は Japan Railway であった。ここまで来て、私には疑いが起こってきた。すなわち、ＪＲというのはそれ自体が社名であって、なんの略号でもなく、その背景には正式な英語は存在しないのではないか。たとえばＫＤＤという略号に、国際電信電話株式会社という正式な名称があるのとは違う。……それにＪＲという会社もない。そのあとに北海道、東日本、東海……などがついた六つ(貨物を入れると七つ。井上注)の別々の会社なのだから、東日本が「Japan Railway です」と答えたとしても、別の会社が Japan Railways と主張する権利もあるし、可能性もある。……なぜ日本の鉄道が英語の略号で、しかも元の英語がはっきりと確定できないのだろう。変な話である。〉

筆者も小林さんに倣(なら)って、本日(五月一三日)ＪＲ東日本の広報課に電話した。応対に出た若い人は、やはりどこかへ聞きに行き、よほどたってから戻ってきて、「Japan Railway です」と教えてくれた。たしかに社員が自分の会社の正式名を電話口ですぐに答えることのできないのは妙である。小林さんの電話から三年たった今でも、依然として、ＪＲは元の英語を確定していないらしいのだ。そういう会社だから「手配中」と云ってみたり、珍奇な列車名を付けたりするのだろうか。困った話である。

(『週刊文春』一九九六年五月二十三日号　文藝春秋)

◇「ニホン語日記」は単行本出版後も『週刊文春』で連載は続き、第五十一回(一九九五年十一月三十日号)から最終回となる第六十三回(九六年五月二十三日号)までの十三回分が著書に未収録のまま残された。毎回、安野光雅のイラストが掲載された。

2　ことば

ことばさまざま

〈か〉の問題

　このごろのスナックやバーには空(から)オケの設備のしてあるところが多い。じつは昨夜もぼくは新宿の小さなバーで、地味ではあるが、よく見るとかなり高価な布地で仕立てた三ツ揃をぴしっと着こなした四十前後の男の、空オケに合わせてうたう『北の宿から』と『津軽海峡冬景色』とを聞いて帰ってきたのであるが、このふたつの歌謡曲には共通するところがある。

　まずどちらも演歌に属する。レコードディレクターをしている友人に聞くと、歌謡曲は次の七つに分類できるという。①ポップス歌謡（ピンクレディやキャンディーズの歌はたいていこれである）、②青春歌謡（森田公一の『青春時代』や全盛期の天地真理の歌などがこれに当る）、③フォーク歌謡、④グループサウンズ、⑤サイケ歌謡（コミック・ソングなども含まれる）、⑥ムード歌謡、そして⑦演歌。『北の宿から』にしろ『津軽海峡冬景色』にしろ、どうこねくりまわしても①〜⑥には該当しない。したがって〈どちらも演歌に属する〉というぼくの判断はまあ妥当といってよかろう。

　第二の共通点はどちらも歌い手が女性（都はるみと石川さゆり）であるということで、つまり二曲とも、ある女性の心情をうたいあげた演歌なわけだ。

第三に、ふたつともそれぞれその年の最大ヒット曲で、しかもレコード大賞受賞曲である。いってみれば、この二曲は七六年と七七年の、時代の索引（インデックス）ともなるべき歌謡曲である。レコードがもっとも多く売れ、かつもっともしばしば大衆に歌われたうたであるから、大衆の心を惹きつけるなにかがこの二曲にはあったにちがいない。では、そのなにかとはなにか。……先走るのはやめて、第四の共通項をくり出そう。ふたつとも阿久悠の作詞である。

第五の共通点はどちらにも北方回帰が色濃く見られることである。『北の宿から』の北の宿が、すなわち寒さこらえて、着てはもらえぬセーターを、女が編んでいるその宿が、北国のどこのなんという町にあるのかはわからない。しかし、

吹雪まじりに　汽車の音
すすり泣くよに　きこえます

という描写から、北国もかなり北、秋田北部から青森県にかけての、どこかの小都市の駅前旅人宿だろうと判断される。この、セーターの編み手はむろん旅人（たびびと）だろう。おそらく東京のOLか。失恋し、気持の清算のために北国へふらりとやってきたらしい。彼女はセーターを編み終えて自分の心に整理をつけ、やがて東京へ帰るはずである。

一方、『津軽海峡冬景色』のヒロインは津軽海峡をいま連絡船で横切りつつある。二番の歌詞に、

さよならあなた　私は帰ります

とあるところから、北海道出身の女性であると知れる。つまり阿久悠は女主人公を、前作の青森辺からさらに北へと向わせ、それでも足りず彼女の出身地まで北にしてしまったのだ。そこが『北の宿から』とはいちじるしくちがうところであるが、北国が舞台ということでは共通している。

ところで、新宿の小さなバーでこの二曲をつづけて歌ったその男は、『北の宿から』の歌詞を一個所勝手に次のように改作していた。

あなた変わりは　ないですか
日毎寒さが　つのります
着てはもらえぬ　セーターを
寒さこらえて　編んでます
女ごころの　未練でしょうか
あなた恋しい　北の宿

その男は〈未練でしょう〉を〈未練でしょうか〉と、末尾に〈か〉という終助詞をつけたのである。このフレーズは『北の宿から』というひとつのうたの山場に当る大事なポイントだが、たしかにその男がやったように〈か〉をつけた方が歌いやすい。さらに『北の宿から』は、阿久悠の作品にしては珍しく、ほとんど完璧に七五調の音律が守られているのだが、ただ一ケ所の破調が、この〈女ごころの　未練でしょう〉で、ここだけは〈七・六〉になっている。ここに〈か〉を付して〈七・七〉にすれば、依然として七五調からは外れるものの、しかし七・七調という、日本人の耳には親しい調子が生れて、こちらの心にしっくりと落ちつく。

いったいなぜ阿久悠は歌いにくいのを構わずに〈未練でしょう〉にしたのか。どうして〈未練でしょうか〉と調子を整えようとしなかったのか。

〈か〉という終助詞の役目が、質問や難詰や勧誘や依頼の意を表わすのは周知のところである。そこで〈未練でしょうか〉という歌詞にすれば、その意味は、

　こうやって着てはもらえないセーターを編んでいるのは、あなたへの未練をたち切れないせいでしょうか。答えてください。

となり、言い方に問いかけを含む、明らかに未練がましい状態だ。〈か〉がつくことで、女の相手への回路は繋ったままである。つまり、女は編みあげたセーターを、とにかくにも男にあてて送るだろう。しかし、〈か〉が付かないと事情が大きく変る。

　女ごころの　未練でしょう

と言い切ると、女はもう自分の未練心は未練であると客観的に見つめることができるところまで冷静になっている。つまり女は一種の通過儀式として男のセーターを編んでいるだけなのである。おそらく男へ、編みあがったセーターを送りつけたりはしないだろう。

セーターを送るか、送らないか、このちがいは演歌においては大きい。演歌には、ぼくの考えでは、かならず自己軽視と判断中止、の態度が含まれている。七六年から七七年いっぱいにかけての演歌の代表歌手として八代亜紀をあげるのはそうまちがっていないと思うが、たとえば彼女の『おんな港町』(二条冬詩夫作詞)の一番後半の歌詞をみてみよう。

……忘れたいのに　忘れられない
せつない恋よ　おんな港町　別れの涙は
誰にもわからない

ここには明らかに判断中止の態度がある。また七五年九月に発売された同じ八代亜紀の『貴方につくします』(悠木圭子作詞)の一番から三番にまで共通するリフレインはこうである。

こんな私でよかったら
ああ　あなた　あなたひとすじ尽します

これは自己軽視の態度で、大正十年の『船頭小唄』(野口雨情作詞)の〽どうせ二人はこの世では／花の咲かない枯れすすき……以来、ぼくたちになじみ深い態度である。昭和四十年代を代表する演歌のひとつである『圭子の夢は夜ひらく』(石坂まさを作詞)は、演歌の名作といわれるだけに、この自己軽視と判断中止とが、次から次へ、かわるがわる顔を出す。曰く〽どう咲きゃいいのさこの私、曰く〽前をみるよな柄じゃない／うしろを向くよな柄じゃない、曰く〽一から十まで馬鹿でした……。

自己軽視の態度の裏には、じつは強烈な自信がひそんでいる。「どうせこういう男だが……」「こんな私ですが……」「馬鹿まるだしの自分であるが……」というへりくだった態度のかげに「そういう自分だが、おまえを愛することにかけてはだれにもひけをとらない」という自信が隠されている。いや事情はむしろ逆だろう。ひとつのこと(すなわち自分の相手への思慕の情)を強く印象づけるために、それ以外に自分の持つ、あらゆるものを零記号にしてしまうのだ。べつにいえば、自分を売りこむための技術として自己軽視がある。

判断中止は甘え、ないしは相手への全面的依存だ。相手の胸のうちにとびこみ、自分の身の上に起る一切のことの判断を相手にしてもらおうとする態度である。たとえばサラリーマン諸氏が行きつけの酒場で、恍惚として演歌を口遊(くちずさ)んでいる。彼はなぜ酒場で演歌をうたっているのだろう。おそらく会社への愛ではないか。彼の働きは会社からほとんど無視されている。そこで彼はまず会社が自分をこうしか評価していない、というところまで後退し(つまり自己軽視し)、そこから「こんな私だが、会社(あなた)への愛はだれにも負けない」と訴え、自分の下すべき諸判断を会社にゆだねる。会社との一体感を判断中止によって得ようとする。夜毎、会社へ文句や不平をいいつつ、同時にそのことによって会社への愛を更新している。ぼくにはそのように思われる。

しかし、この二年間、自己軽視や判断中止を含まない『北の宿から』や『津軽海峡冬景色』が大いに歌われた。〈か〉がないということは自分で自分の身の上の判断をつけている証拠なのだ。そして、石川さゆりははっきりと〽さよならあなた　私は帰ります……と自分の判断を相手に告げている。これはいったいどういうことか。演歌が変りつつあるのか、それともそれを好んで歌ったぼくたちが変ろうとしているのか。

とまあそのようなことを、〈未練でしょうか〉とうたうその男の歌声に耳を傾けながらぼくは考えていた……。結論はまだ出ない。つまりかく言うぼくも判断中止。


（『月刊ことば』一九七八年三月号　英潮社）

◇「ことばさまざま」と題して、一九七七年十一月創刊号から翌年十一月号まで十二回連載された。ほとんどが著書に未収録。同誌の目玉のひとつが井上ひさしであった。

ことばの泉

1　文法と語彙

文法に新しい規則は加わらない。助詞が体言の上にきて、「は毎日新聞いい新聞」となることは決してないのだ。つまり文法は閉じられた系なのである。ひきかえ語彙は開かれた系。新しい語が次つぎにでき、そして辞典に収められてゆく。そこが辞典のおもしろいところだ。子規の「俳句」、漱石の「非人情」、高見順の「慕情」。『学研国語大辞典』には「微苦笑」が久米正雄の新造語とある。なお福田赳夫元首相も新造語の名人。「昭和元禄」「狂乱物価」ともに彼の作。（一九九五年六月七日）

2　長い名詞

ロサンゼルスは昔、El Pueblo de Nuestra Señora la Reina de los Ángeles de Porciúncula と呼ばれていた。人がたくさん住みつくにつれて短くなり、いまではただ Los だけですます人もでてきた。日本語でこれに匹敵する、そしておそらく日本語で最長の名詞は「竜宮乙姫元結切外」(りゅうぐうのおとひめのもとゆいのきりはずし)だろうか。小学館の『日本国語大辞典』によれば、海草「甘藻」の異名だそうだ。こちらは使う人が少ないから永久に短くはならない。（六月十四日）

3　辞書づくりに必要なもの

十九世紀の英国では、罪人に罰として字引をつくらせていた。字引づくりは重労働以上の責め苦なのだ。英国の国民的文化遺産といわれる『オックスフォード英語辞典』は、例文を一般からも募集していたが、毎週のように、編集部へ、古今の名作から抜き出した適切この上ない例を次つぎに送ってくる人物がいた。編集主幹のマレーがお礼を云いに訪ねてゆくと、その人物は精神病院に収容されていた。辞書づくりには、このように狂気にも似た情熱と辛い重労働が必要なのだ。（六月二十一日）

4　語彙カード

辞書づくりの基礎資料になるのは語彙カードである。たとえば中型の国語辞典には三十五万枚のカードが必要になる。一枚に十秒ずつ、不眠不休で点検したとしても九七二時間、四十日間以上もかかる。『大辞林』(三省堂)前編集長の倉島節尚(ときひさ)さんによれば、カードめくりをしているうちに指先が擦り減って指紋が消えてしまったばかりか、カードから舞い上がる細かな埃のために、年がら年中、結膜炎を病んでいたという。こんなことを聞くと、とうてい辞書に足を向けては眠れない。（七月五日）

5　スキャビイとスケベイ

アメリカ英語、スキャビイ(scabby)の意味は「いやらしい／卑劣」で、かつてGＩ諸君が、日本女性から浴びせかけられた「助平」を、そのまま本国へ持ち帰ってできた語だという有力な説がある。なるほど。日本語だって英語に影響を与えていないわけではないのだ。勇んで研究社の『新英和大辞典』に当たると、scab(かさぶた)から派生したもので、源は古期スカンジナビア語にさかのぼると判明。どうもデマだったらしい。こうして辞書は素人探偵の道具にもなるのである。（七月十二日）

6 英語になった日本語

『ランダムハウス英和大辞典・第二版』(小学館)の巻末に、本籍を日本語に置く英語が九百も載っている。wabi(侘び)sabi(寂び)shibumi(渋み)までは合点が行ったが、なんとyugen(幽玄)も英語になっていた。Nintendo neck(任天堂くび)というのもあって、もちろんこれは任天堂のコンピューターゲームのやりすぎによる肩こりのことである。いま大リーグの観客たちはNomoの姿を見て口々に「サンシーン」と叫ぶ。そのうちに「三振」も英語になるにちがいない。（七月十九日）

7 頭の薬

物の名前なぞ、古人がその場の思いつきで付けたのだろうと高を括っていたが、あるとき『岩波古語辞典』をめくって仰天した。「うぐいす」の項に〈スは鳥を表わす語〉と記されていたのだ。途端に頭の中を涼風が通り抜けて、「うぐいす/きぎす/からす/かけす/ほととぎす」などが整列し、「すずめ」の項に〈メは鳥を表わす語〉、「すずめ/かもめ/つばめ/やまがらめ」なども行儀よく並んだ。辞書はたしかに頭にいい、たとえそのいい頭が五分とつづかないにせよ……。（八月二日）

8 世界でただ一冊の辞書

これはと思うことを手持ちの辞書に軟かい鉛筆で書き込むとおもしろい。さっきも中国の名字典、「康熙字典」(一七一六)に、「上唇のものは髭、下唇のものは鬚、頬のものは髯」とあったので、さっそく「髭」の項に書き写した。書き込みがふえるにつれて辞書がいとおしくなり、こうして世界でただ一冊の辞書ができて行く。なお妻や子の名前を書き込み、うまく発見させる手もある。「夫はそこまでわたしたちのことを考えていてくれたのか」と感謝される……はずである。

(八月九日)

9　亀の手紙

吉田松陰や西郷隆盛に強い影響を与えた儒学者の佐藤一斎(一七七二―一八五九)が、大いに激賞した手紙がある。馬買いの亀という男の賃金催促状だ。〈一金三両、ただし馬代/右馬代、くすかくさぬかこりやどうぢや、くすといふならそれでよし、くさぬといふならおれがゆく、おれがゆくならただおかぬ、かめのうでにはほねがある〉小学館の『古語大辞典』を引いたら、「くす」とは「よこす」という意味だった。なるほど、辞典のおかげでわたしたちにも名文とわかる。

(八月十六日)

10　鳥語辞典

ウェークの クイナは絶滅した。太平洋戦争中にウェーク島を占領していた餓死寸前の日本軍が全部たべてしまったからだと『コンサイス鳥名辞典』(三省堂)にあるが、同時にこの一冊には鳥語が満載されていて、たとえばウグイス、「地鳴きはチャッチャッと舌打ちするように聞こえ、囀りはホーホケキョ。このほか繁殖期には警戒音と思われるケキョ、ケキョ……」。小鳥に説教したといわれるアシ

ジの聖フランシスコは、ひょっとしたら、この種の辞典を持っていたのかもしれない。（九月六日）

11 鮨屋の壁書

さる鮨屋の壁に「目に言う（メニュー）」と題して曰く、〈こんなに鱶く鮎しても／柊鰍知らぬ鰤／鮨とお鮭で鮨けさせ／鰆する仲と鰯鯛〉と。二行目はどう読むのか。訊くのも癪。家へ帰って『現代漢語例解辞典』（小学館）を開いた。この辞典はたとえ読みがわからなくても、字の姿、その形から簡単に目的の漢字を探し当てることができる便利な漢和だ。二行目は「コノシロ、イナダ知らぬブリ」となる。「この人未だ知らぬ振り」か。鮨はトロ、これはたぶん主人の造語だろう。（九月十三日）

12 石の涙

感情を表さないので、あだ名が「石」の、学習院教授松井簡治（一八六三―一九四五）が冨山房から国語辞典を依頼されたのは三十二歳の春である。それから毎日五時間、休暇中は十八時間も机から離れなかった。一度も酒を口にせず、便所でも語釈を書いた。そして二十年、本邦初の近代的辞典、語数二十余万の『大日本国語辞典』（初版大正四年）が完成する。刷り上がった見本の上に彼は生涯に一度だけ涙をこぼした。彼の涙はその後のあらゆる辞典のどの頁にも沁み込んでいる。（九月二十日）

13 対訳型と説明型

「おんな」を引くと「女性、おとこの反対」と書いてあるのが対訳型の辞典である。一方、古語辞典はその性格上、説明型がほとんど。たとえば『古語大辞典』(小学館)の「をんな」には、〈もと美女を意味した「をみな」の音便形として成立、平安以後、「をとこ」の対として、成人した女性一般や配偶関係・愛情関係における妻・愛人をも表して、広く用いられるようになった。(後略)〉とあり、読後しばらく世の「をんな」の方々がみな尊く思えてくるから不思議である。

(九月二十七日)

14　英語の字謎

『L・A・ストーリー』(ミック・ジャクソン監督)という映画のある場面に、ロサンゼルス市入口の高速道路の情報板が写っていた。〈UR　Welcome 2 L. A.〉と書いてある。もちろん意味の見当はつくが、彼等はふだんこんな書き方をしているのだろうか。アメリカ英語の口語に強い『ランダムハウス英和大辞典』(第二版、小学館)を引くと、〈U＝You〉〈R＝are〉とあった。アメリカでも書字空間の節約をかねて字謎が流行っているらしい。2とはtoのことにちがいない。

(十月四日)

15　おじさんの定義

第一製薬が「自分がおじさんになったと感じる年齢は?」という調査を行なって、結果は三七・九歳。どんな辞典も「おじさん」を、〈中年の男性に対する敬称・親称〉とぼんやり説明するが、以後はこの結果を盛り込むべきか。もちろん否。砂—砂利—小石—石の定義と同じこと、日常でよく使う言葉はぼんやりしていた方がいい。相手の年齢を聞いてからでないと「おじさん」とは呼べなくなってしまうからだ。ちなみに「おばさんは三八・二歳から」、こちらは富士銀行の調べ。

(十月十日)

16　辞典は子守歌になるか

「辞典には一貫した物語がないからすぐ眠くなる。眠り薬に最適」という説に感心して『岩波古語辞典』を開き、睡魔の訪れを待っていると、「シは風、方角の意味」と書いてあった。アラシ、コガラシ、ヒガシ、ニシなどのシは、風、方角のことだったのだ。最後の拠り所である『日本国語大辞典』(小学館)を引くと、〈シは語彙、風の古語。他の語と複合して用いた〉。途端に耳の底で古代人の言葉が鳴り始める。辞典は面白すぎて眠り薬にはならぬ。むしろ強い覚醒剤である。(十月十八日)

17　ベースボール

大型の英和辞典で分からないことは『リーダーズ・プラス』(研究社)に聞くことにしている。たまたまCUBSを引くと〈デーゲームのための市民連合 Citizens United for Baseball in Sunshine〉とあった。シカゴのリグレー球場に照明設備をつけるのに最後まで反対した市民グループのことで、チーム名のCubsをもじっている。なぜ反対か。野球は青空と太陽の下、土と芝生の上でするもの、観るものと信じているからだ。賛成。そこまで考えさせてくれるから辞典は面白い。(十月二十五日)

18　辞典は新しい方がよい

こう云い切ったのは『日本語百科大事典』(大修館書店)。たまたま『大辞泉』(小学館近刊)で「出血」を引き、なるほどと納得した。たいていは、「血液が血管外に流失すること」でおしまいだが、この新辞典はさらに〈外出血や内出血、喀血、吐血、下血、血尿などがある。〉と書く。親類語や縁者語をも明らかにして、類語辞典になっているのだ。後発の辞典は先行する辞典を参照し検討を重ねることができるから有利だというが、たしかに「出血」については当たっていた。

（十一月一日）

19 「情報」についての情報

よく使うのに意味のあいまいな言葉、その一つに「情報」がある。物事の内容や事情についての知らせから、遺伝情報までを含んで幅が広く、中心になる意味が摑みにくい。そこで『大辞泉』（小学館）は類語欄を発明した。〈報、報知、消息、ニュース、インフォメーション、知識、ノウハウ、データ〉といった類語を並べ、利用者の手持ちの言葉から中心となる意味をイメージさせようと工夫している。これは一つの知恵だ。もちろん簡便な類語辞典としても使用に耐えうる。

（十一月八日）

20 様ざまな足

『大辞泉』（小学館）に限っていえば、「足」などという、答の分かり切った言葉でもとにかく当たった方がいい。主要語には、その語が下接する句や語の欄が付いていて、「足の運び」だけでも様ざまな言い方があると分かるからだ。〈急ぎ足、送り足、遅足、駆け足、刻み足、探り足、差し足、忍び足、摺り足、千鳥足、継ぎ足、並み足、抜き足、盗み足、猫足、練り足、早足、拾い足、鰐足……〉。なんという豊富さ。この新辞典は「逆引き辞典」としても利用できそうだ。

（十一月十五日）

21　ザ(the)も日本語の内

日本語は、中国語に欧米語など大量の外国語を受け入れてきた。そして現在はアメリカ英語の氾濫。では、その氾濫の度合いは？
ためしに『大辞泉』(小学館)を引くと、驚くなかれ、英語の冠詞の「ザ(the)」が載っていた。〈強調する意味で、広告文や映画・テレビ番組・雑誌記事のタイトルなどに「ザ・バーゲン」「ザ・商社」などと用いられる。〉とある。ふむ、日本人の英語好きも相当なものだ。こうしてこの辞典は日本語の現状を診断する計器にもなっている。

(十一月二十二日)

22　おいしい辞典

たとえば「うまい」と「おいしい」では、どこがどう違うのか。これまでの辞典は、〈「おいしい」は「うまい」より丁寧で、多く女性が用いる。〉と書くだけだったが、『大辞泉』(小学館)は一歩その先を行く。右のほかに、〈「うまい」には、上手だ、手際がよいの意があるが、「おいしい」はこの意では用いられない。また「おいしい話」には、利益になるという意がつよい。〉と、その使い分けをはっきりと示す。引いてよかったと表紙をなでたくなるのは、こういうときだ。

(十一月二十九日)

23　使い分けの問題

「海苔はしめる」のか「しける」のか。意味の近い単語の、意味のちがいには、毎度てこずる。これまでの辞典はそのちがいに意外に鈍感であったが、ここにそれを明記する一冊が現れた。すなわち、

『角川必携国語辞典』（大野晋・田中章夫編）の曰く、〈どちらも水分をふくむこと。「しめる」は、しっとりすること。「しける」は、かわいてぱりっとしていなければならないものが水気をふくんでしまうこと。〉と。……なるほど。海苔はしめらない、しけるのである。

（十二月六日）

24　辞典の個性

『広辞苑』（岩波書店）は日本史と外国文学の説明に詳しく、『新明解国語辞典』（三省堂）は思い切った語釈が有名で、つまり辞典にも個性がある。我が愛用の『新潮国語辞典現代語・古語』も、鉄道用語の語釈が非常識なまでに詳しいことで定評があった。ところが最近出たその第二版では語釈がすっきりしてしまった。なかでも「鉄道」の項の、〈十六世紀にイギリスの鉱山で鉄板を敷いた上に馬車を走らせたのが最初といい……〉という説明が消えたのはなんとなく残念である。

（十二月十三日）

25　超という漢字

今から六十余年前の昭和八年の書物（浅野信『巷間の言語省察』）が、超重宝、超満員、超安値、超乱売など、「名詞の上に超を付する激烈奇異の流行」に苦言を呈していた。今は、若い人たちの間で、動詞・形容詞・形容動詞などの上にかぶせて、〈「超きれい」「超むかつく」などと副詞的にも用いられる。〉（小学館『大辞泉』）すると未来の辞典は、〈「超非常に」「超そして」と副詞や接続詞の上にも付く〉と解説することになるのか。超には超繁殖力があるらしい。

（十二月二十日）

26 千葉笑い

『大辞泉』（小学館）の「下接語」欄はすごい発明である。たとえば「笑い」の項、愛敬笑い、愛想笑い、薄ら笑いなどが勢揃いしている。そのうちに「千葉笑い」という奇態なものを見つけ、その項を読む。〈千葉市の千葉寺で、昔、大みそかの夜に住民が顔を覆い隠して集まり、奉行・役人から一般人に至るまでの行動の正否・善悪をあげつらったり嘲笑したりした行事。〉試しに千葉寺へ電話すると、「御一新で禁止されたんです」という。明治新政府の一側面を見た思いがした。

（十二月二十七日）

27 歴史辞典としての国語辞典

丸善万年筆の説明書に、〈丸善は、日本で初めて万年筆と命名〉とあった。これを考案したのは当時の社員、内田魯庵というのも通説。何の気なしに『日本国語大辞典』（小学館）を引くと、「まんねんふで」という項があり、そこに曰く、〈矢立ての異称〉と。例文は西鶴である。つまり正確には、丸善＝魯庵は、新しい筆記具に、以前からある「万年ふで」を当て、そして「万年ヒツ」と呼ぶことを考え出したのである。いい国語辞典はときに凡庸な歴史辞典にまさる働きをする。（一九九六年一月三日）

28 辞典無料配布論

明治の初期、新政府は『英和対訳辞書』を作り開拓使学校全生徒に配った。惣郷正明（そうごうまさあき）氏の研究によれば、その数は四千部。大学南校（東京大学の前身）も学生に和英辞典を無料配布したらしい。こちらは二千。時代がちがうから同日の談ではないが、これは検討に価する。たとえば全国の中学生に質のいい国語辞典を無料で配るのだ。つまり文部省は国語学者を総動員して辞典を作ることになる。お役人の実力と見識が問われるわけで、これはずいぶんおもしろい見ものになるはずだが。（一月十日）

29　恋人・愛人・情婦・情夫

太宰治の『斜陽』（一九四七）に「押しかけ女房といってもいけないし、押しかけ愛人とでもいおうかしら」という一行がある。ここでの愛人は、恋人の漢語的表現である、とエラソーに云えるのも、たったいま、『大辞泉』（小学館）を読んだからで、そこには、〈かつては「恋人」の漢語的表現として同義。現在では多く配偶者以外の恋愛関係にある異性、一般に肉体関係がある……〉とある。賢い辞書だ。別に云えば、「情婦」「情夫」が「愛人」に乗っ取られたのである。（一月十七日）

30　てるてる言葉

「てる」は「ている」の音変化。『日本国語大辞典』（小学館）では滑稽本から例文が採られており、江戸期からの流行。この「てる」が今、若者の間でさかんに使われている。「さびてる（髪の毛が金や赤のやつ）」「ほえてる（カラオケでほえるように歌っているやつ）」など。「てるてる言葉」と命名したのは大阪外大小矢野哲夫教授。形容詞的に使われているのが特徴だ。かつて柳田国男は日本語に形容詞が乏しいと嘆いたが、その不足を若い人たちは「てる」で補っている。（一月二十四日）

31　裁判官か歴史家か

一方に「ことばの崩れや誤用を、辞書がそのまま認めてはいけない。ことばが低俗化し、誤用が普及するばかりだから」(国語学者竹下永子)とする立場があり、他方に「辞書は言語の記録庫だ。正しい、よいことばだけではなく、すべての語を集めて整理すべきである」(十九世紀英国の詩人リチャード・トレンチ)とする立場がある。辞書はことばの裁判官か、あるいは歴史家か。わたしたちはこの両極が一つになることを求め、編纂者たちはこの両極によって引き裂かれている。(一月三十一日)

32　あまさとあまみ

お料理番組で試食したアナウンサーが「お大根のこのあまさ、すてきですわ」と云い、先生が「あまみがよく出ているでしょう」とにっこりした。形容詞などの語幹に付いて抽象名詞をつくる「……さ」と「……み」、この二つはどうちがうのか。『大辞林』第二版(三省堂)に当たると、〈「み」は「さ」よりも、対象の性質・状態・程度を主観的、感覚的にとらえる。〉とあった。つまりアナウンサーは大根の甘味を他人事のようにとらえ、先生は我が事としてとらえたわけだ。(二月七日)

33　誤記がゴキブリを生む

ある虫がお椀(御器)をかぶったように見えるので「御器覆り(ゴキカブリ)」と呼ばれた。ところが日本昆虫学の祖、松村松年(しょうねん)博士が『日本昆蟲学』(一八九八)で、うっかり「カ」を落としてゴキブリと誤記、それ以来、ゴキブリと云われて今日に至っている(国語学者の柴田武さん)。こんなことが辞書に書いてあればさぞやおもしろかろうが、それでは辞書に大切な「簡潔性」が失われてしまう。そこでわたしとしては、この説を愛用の辞書に書き込んで満足するしかない。

（二月十四日）

34　出世語

「みごと（見事）」の原義は「見るべきこと、見もの」、やがて意味が向上、いまでは「立派なこと、素晴らしいこと」を指すまでに出世した。「貴様」の意味が堕落したのと逆のことが起こったわけだ。『言語学大辞典』（三省堂）によると、語の意味の向上と堕落はどんな言語にもあって、英語 nice は、もとは「無知な」だったが、「単純な＞ささいな＞微妙な＞感じのこまやかな＞よい」という具合に出世した。語にも有為転変があり、辞書はその記録簿なのである。

（二月二十一日）

35　あそこの言い方

陽根、男棒、因果骨、作蔵、指似（しじ）、命の玉。いずれも江戸期の小説や戯曲に登場する言葉で、「大事の命の玉、縮み込むほど蹴りつけられ」（近松『油地獄』）などと使われている。もちろんその指すところは男性の性器のこと。しかし一冊本の国語辞典には載っていない。だからと云って別に不満はないが……。近頃、男性のものを外性器、女性のものを内性器と名付けた人がいて、名付け親は女優の冨士眞奈美さん（『いびり亭主学』）である。これはなかなか上手な命名だ。

（二月二十八日）

36 ゆっくりめくれ

常用漢字音訓表が認めている音と訓は、数が少なすぎる。たとえば「中」という漢字には、「チュウ」の音と「なか」の訓とが認められているだけだが、「あたる」という訓もほしい。訓は意味を明らかにする。中毒、的中、百発百中という言葉を正しく知るためには、「中」を「あたる」と訓むことができなければならぬ。もちろん国語辞典には右に述べたようなことは書いてある。がしかしよく読まなければ見逃してしまうから、やはり辞書のページはゆっくりめくるに如くはない。

（三月六日）

37 官僚造語

政府と国の台所を預かるお役所は不良債権の処理に「公的資金」を充てるらしい。この語はどんな国語辞書にも載っていない。そこで漢和で「公」を引くと、〈公金　国家や公共団体の金〉という一行があった。やはり税金のことだ。お役人が公金の間に的と資を挿んで正体をぼかそうとしたのだ。また、『漢語例解辞典』（小学館）は、「公」が、〈正しい。平等である。「公平」「公正」〉という意味を持つともいう。彼等に漢和を何冊か贈ろうと思ったがお金が惜しいから止めた。

（三月十三日）

38 漢字の配当

児童用国語辞典に付いている「学年別漢字配当表」はおもしろい。これは一年生はこの字を習え、二年生はこの字を、というように学習指導要領で定められているもの。これに従えば、悪の字を習うのが三年生、しかし善の方は六年生にならないと習えない。つまり六年生まで善悪の区別がつかないでもよろしいということらしい。そのほか、花は一年生で、貴は六年生。一年坊主は貴乃花なぞ読めなくても書けなくてもいいというわけ。振り仮名を付けてどんどん読ませればいいのに。

（三月二十日）

39　字　画

もっとも字画の多い漢字は六十四画の「𪚥」、音は「テツ」、「かまびすし」と読み、意味は「多言」。ほらみろ、だから漢字はむずかしいと云うお方は早呑み込みの慌て者。たとえば、「丿」は一画、こんなやさしい漢字はないが、だれも読めない。音は「ヘツ」、意味は「右から左へ曲がる」。「乀」という一画の漢字もあって、音は「フツ」。そこで「丿乀（ヘツフツ）」と続くと「左右にゆれる」の意味、〈「漁船丿乀」のように使うことがある〉という。（白川静『字統』）

（三月二十七日）

40　辞書殿堂入り

正岡子規は野球用語を数多く訳出している。死球、四球、満塁、飛球、打者、走者など、みんな彼の訳語である。その上、日本で初めて野球の和歌を詠み、野球の小説を書いた。自分でも、結核のせいで少し動いても息が切れるのに〈ボールにて遊ぶ時許(ばか)りはそれ程の疲労を覚えず〉と記している。その彼が野球殿堂に入っていないのは近来の珍事。そこで辞書に「死球ハ正岡子規ノ訳語ナリ」と書き込む。彼の野球への大いなる貢献にたいするささやかな恩返しのつもりで。

（四月三日）

41 大金

どんな辞書を引いても同じ定義が出てくるときがある。ことばの意味が辞書ごとにちがったりしては困るから致し方がない。大金ということばもその一つ、どんな辞書にも、〈多額の金銭、大きな金高〉とある。富士銀行の調べによると、三分の一の人が「大金とは百万円ぐらい」と答え、年齢別では、十代の半分が「十万円」、年齢が高くなるほど、一千万円、一億円と額が大きくなっていったという。人間とは、どうやら年を重ねるごとに欲が深くなって行く生き物のようである。（四月十日）

42 働き者の漢字

「原」は働き者である。手もとの『現代漢語例解辞典』(小学館)を見ると、原因、原料、原案、原価、原稿、原油、原子、原理、原点など、日に何度もお世話になることばが五十以上も並んでいる。「みなもと。はじめ。おこり」の意味があるから、「原」はこんなによく働くのだ。一方、常用漢字音訓表には「はら」という訓(よみと意味)が一つあるだけ。音訓表に忠実であれば「原っぱ」の原しか思い浮かばないことになる。つまり漢和辞典はお上の何十倍もあてになるのである。（四月十七日）

43 例文

よく使うのに意味のよく分からないものがある。「おはよう」もその一つで、たいていの国語辞典には、朝の挨拶の言葉、と書いてあるだけだ。頼みの綱の『日本国語大辞典』(小学館)に、〈相手が早く出てきたことに対する挨拶のことば〉とあり、少しは見当がついてくるが、これにもしも柳田国男の『毎日の言葉』の中の、〈本来は早く起き出したねと、相手の勤勉を感嘆する意味でありました。〉という例文がついていればもっとはっきりするはず。じつに例文は大事である。

（四月二十四日）

44　係大学と掛大学

「係大学よりも掛大学の方が上」という言い方が受験生の間にあるらしい。言語学の井上史雄さんによれば、昭和二十四年以降にできた新制国立大学の担当職名は「係」、それ以前の国立十大学（北大、東北大、東大、名大、京大、阪大、九大、東京医歯大、東工大、神戸大）だけが「掛」を使用しているそうで、「係大学ウンヌン」はそこからきた言い方。こんなことが国語辞典に書いてあればおもしろいが、これは百科語辞典が「掛」かもしれぬ。それとも隠語辞典が「係」かな。

（四月三十日）

45　その意味

一年近く住んだオーストラリアを去るときに、大学の日本語科の科長が「ではお元気で」と扇子をくれた。日本人に扇を贈るとはへんな外国人だと思ったが、せっかくの志なので戴いて帰った。それから二十年、さきごろ『岩波古語辞典』をめくっているうちにある記述が目に入って、思わずあっと叫んでしまった。こう書いてあったのだ。〈あふぎ（扇）〉は「あふ（逢ふ）」に通じるので餞別に贈ることが多い。〉（扇の項）顔から火が出た。貰った扇であおがねばならない。

（五月八日）

46　あらゆる辞典よ、ありがとう

たとえば、全二十巻に及ぶ『日本国語大辞典』(小学館)の編集作業は十三年の歳月と約四百人の学者を必要とした。カード整理だけでも補助編集員一千人で丸三年かかった。また、『大辞泉』の編集開始は東京五輪の直後、完成したのは去年である。三十年かかったわけだ。ところが言葉は生きている。刻一刻と変化する。そこでどんな完璧な辞書でも世に出たときは常に不十分である。なんという切ない作業だろう。それを思うと、ただひとこと、「ありがとう」と呟くしかない。(五月十四日)

(小学館『大辞泉』広告『毎日新聞』一九九五年六月〜一九九六年五月)

◇原則として毎週水曜日一面左隅に四十六回連載された。

ニホン語日記より（その二）

「ゆれ」か、「乱れ」か

昭和二十年代後半から三十年代前半にかけて、別の言い方では一九五〇年代のこと、
〈「なくする」か、「なくす」か、それとも「なくなす」か〉
この三形並立が論議を呼んでいた。

「財布をなくする」
「財布をなくす」
「財布をなくなす」

どれが正しいのだろうか。

なにしろ、「なくする」を、河上肇、三木清といった学者の方がたが使っておられる。「なくす」は、永井荷風、大仏次郎といった人気の高い作家が用いていらっしゃる。そして「なくなす」は里見弴、中野重治といった小説家が愛用なさっている。どなたも昭和の人名辞典に名をのこさずにはおかぬ文章家たちであるから、甲論乙駁（わいわいがやがや）、結論など出るわけがない。結局のところ、無理に結論など出さずに成り行きを見ようということになった。

それから四十年、歳月が決着をつけた。今では、たいていの日本人が「なくす」を使っている。似たような事例は山ほどある。たとえば、筆者たちの子どもの頃、「遊星」と「惑星」とが争っていた。どちらかというと「遊星」の方が優勢だったように思う。しかし今はどうか。「遊星」は「惑星」に主人の座を譲って隠居の身の上。その証拠に、どんな辞典でもいい、「遊星」を引けば、そこはたぶん空(から)見出し。一行、〈惑星を見よ〉と記されているだけのはず。

新宿にしてもそう。この間まで「シンジク派」と「シンジュク派」の両派がひそかに対立していた。筆者の知るところでは、かつて下町の浅草から柳橋あたりにかけての人たちは「シンジク」と言っていた。けれども今ではたいがいの人が「シンジュク」と発語している。

もっと凄い例がある。筆者が国立療養所で庶務係をしていた頃のこと、厚生省から次のような文書が届いた。

〈「手術」のことを、それぞれ勝手に、シジツ、シュジツ、シリツ、シュジュツと発音しているようだが、これからは「シュジュツ」と統一するように。〉

このように、いくつも言い方があってなんとなく不安定な場合を「ことばのゆれ」と言い——中には「ニホン／ニッポン」のように何十年にもわたってまったく収まっていない例もあるけれど——大部分は時が経つと、良くも悪くも塩梅のいいところに収まるもののようだ。そういうわけで、ことばが「ゆれ」ているときは、収まるまで放っておけばいい。間違った考え方かもしれないが、筆者はそのように考える。

この十一月、「新しい時代の日本語のあり方」を検討してきた第二十期国語審議会(坂本朝一(ともかず)会長)

は、例の「ら抜き言葉」について、

〈共通語においては改まった場での「ら抜き言葉」の使用は現時点では認知しかねる。〉

と報告している。「現時点」という三文字に御注目を。審議会の碩学大儒（せきがくたいじゅ）のみなさんも、どうやら「そうは言ったものの、時の流れがすべてを決めることになるのさ」とお考えのようで、その思いがこの三文字に表れている。まさにその通り、「ゆれ」ている最中のことばを、「こうあらねばならぬ」と押さえ込もうとしても無理なのである。「ら抜き言葉」は使うまいというのが筆者の主義、その主義をささやかに押し通しながら時の経つのを待つことにしよう。そのうちになにかおもしろいことが起こるかもしれない。というのは国語学者の大野晋さんが次のように仰しゃっているからだ。

〈……「られる」には受身・尊敬・自発・可能の四つの使いかたがあるが、「らぬけ」の表現は、可能の意味だけに使われるので、「らぬけことば」は、新しい「可能動詞」が生じつつあると認めることができる。……江戸時代に「書ける」「取れる」という可能動詞が発達したのと似た現象。〉（田中章夫共編「角川必携国語辞典」）

「ゆれ」には右のような態度をとることにしても、「乱れ」にはどう対処するか。

筆者がここ何十年来、気にさわってならないでいる「乱れ」は、たとえば「交ぜ書き」であり、「ら」の使い方である。「交ぜ書き」は別の機会を待つことにして、ここでは「ら」について言う。

十一月十八日の各紙朝刊は一斉に、日本芸術院の本年度の会員補充選挙の結果を伝えているが、以下はその見出し。

〈大岡信さんら6人内定／日本芸術院新会員〉（報知）

〈長江さんら6人が内定／日本芸術院の新会員〉（神奈川新聞）
〈芸術院新会員　大岡氏ら6氏に〉（朝日）
〈芸術院会員　織田広喜さんら新たに6人〉（産経）
〈詩人の大岡信さんら芸術院新会員に6人〉（毎日）
〈大岡信さんら6氏芸術院新会員に〉（赤旗）
〈大岡信氏ら新会員6人／芸術院　洋画・織田広喜氏も〉（日経）

見出しだけ見ると、筆者などは、
「あ、この六人の方々、なにか悪いことでもして、どこかへ隔離されるんだろうか。とりわけ大岡さんは尊敬する知人だし、弱ったな。どうしよう」
と、うろたえてしまう。

そう言うのも、「ら」は、人を表す語に付いて複数であることを示すが、尊敬を含まず、人を見下げて言うときに使うことになっているからだ。もっと言えば、人の場合、下位者が自らを謙遜、卑下して言うのに用い（私ら、自分ら）、他人に使う場合は、見下げて蔑視するときに用いる（奴ら、あいつら）。そうして同等の者には「たち」、上位者には「方」を用いるのが、日本語の、あたりまえの語感というもので、これを逆撫でされるのだから、じつにたまらない。こういうものこそ、筆者から見れば「乱れ」なのである。

もっとも新聞社を恨んでも仕方がないかもしれない。国語審議会がかつて建議して、文部省から出された「これからの敬語」（昭和二十七年）では、〈接尾語「ら」は、だれに使ってもよい。〉となっているので、新聞社はそれにしたがっているだけなのだろう。言ってみればそのときの審議会は、妙なことを決めて、日本語を乱してしまったわけ。引き換え、今回の審議会が強気に物差しを決めたりしなかったのはとても賢いと思う。

ちなみに、筆者の購読している新聞の中で、讀賣だけが「ら抜き」の見出しだった。こうである。

〈日本芸術院　新たに6人〉

「ら」がない分だけ、すっきりしていて、なかなかいいではないか。

（『週刊文春』一九九五年十一月三十日号　文藝春秋）

「お」の出世

最近の国語辞典は、和語と漢語の別を明示することをやめてしまったようだ。手もとにある辞典で、両者を区別しているのは、『新潮国語辞典／現代語・古語』第二版（新潮社）ぐらいなもの。これで「青二才」を引くと、その見出しは、

〈あお　ニサイ〉

となっている。「あお」は和語で、「ニサイ」は漢語ですよ、という意味である。他の辞典はたいてい、

〈あおにさい〉

である。凡例にもこのことはちゃんと書いてあって、たとえば、『角川必携国語辞典』ではこうだ。

〈和語・漢語・梵語(ぼんご)(一部)はひらがなで、その他の外来語はかたかなで示しました。〉

原因はおそらく二つある。第一に、最近たいへんに外来語が多くなったので、まずこれを明示する方が大切だと編者は考えた。

第二に、右の事情と絡み合っているのかどうか、わたしたちから漢語意識が失われつつあるから、もはや、これは和語、これは漢語と、うるさく言い立てることもあるまいと編者は考えた。日本語の研究にその生涯を捧げておいでの碩学(せきがく)たちが、そう決断なさったのだから、その決断にわたしたち門外漢は大人しく従っていればよろしい。もちろんそれは百も承知、二百も合点で云うが、やはり困ったことも少しは起こるのではないだろうか。

例を挙げれば、わたしたちは敬意的表現では、つまり相手を意識した表現では、和語系と漢語系を無意識のうちに使い分けている。いま思いつくだけでも、

　きのう―サクジツ
きょう―ホンジツ、コンニチ
あす、あした―ミョウニチ
とおる―ツウコウする
ゆるす―キョカする
しずかに―セイシュクに

年賀の挨拶でも、

「キュウネン中はお世話になりました。ホンネンもなにとぞよろしくお願いいたします」

という具合に、漢語を並べ立てて相手に敬意を表するわけで、改まったときなどに漢語が活躍することが多い。その目印が国語辞典から消えてしまったから、なんとなく心細いのである。
そういえば、「お」と「ご」の使い分けの問題もある。

おさけ―ご酒(しゅ)
おしらせ―ご報告
おたずね―ご訪問
おつかい―ご使者
おまつり―ご祭礼
おまねき―ご招待

など、〈この対応からも読み取れるように、「お」は和語に付き、「ご」は漢語に付く〉(池上秋彦「体言の敬語法」)のだから、辞典に和語と漢語の別が示されていないと不安になるのである。もっとも、〈お愛想　お菓子　お客　お産　お辞儀　お食事　お茶　お宅　お布施　お盆　お面　お礼　お椀などのように、「お」が漢語に付いた例は決して少なくないし、ごもっとも　ごゆっくり　ごゆるりなどのように「ご」が和語に付いた例も僅かながらある。〉(前掲論文)

であるから、あんまり神経質になることもないのかもしれないが……と、ここまで書いてきて、池上論文の、

〈……「お」が漢語に付いた例は決して少なくない……「ご」が和語に付いた例も僅かながらある……〉

という数行に、はっとなって万年筆を取り落とした。「お」が絶対的に優勢なのだ。身近にあるものにはたいてい「お」が付く。身近かということは女性の領分であるということ、その女性は和語と親しいから、それが漢語であっても和語用の「お」を付けてしまうのだな、と見当がつく。そのために「お」が優勢になったのだ。ことばの上でも女性が実権を握りつつあって、男臭い「ご」は押されている。

しかし、「お」にも弱味はあるはずである。たとえば、

一、外来語には付きにくい。いくら社長の案内に立っているからと云って、「おエレベーターがまいりました」とは云わない。

二、長い語には付きにくい。いくら社長秘蔵の鍬形の兜だからと云って、「いやあ、ご立派なお鍬形の兜でございますねえ」なんて云わない。どうしてもヨイショしたければ、「ご立派なお兜でございますねえ」と短くする。

三、「お」で始まることばには付きにくい。たとえそれが社長邸の応接間であっても、「これはこれは、結構なお応接間で……」とは云わない。舌を噛むおそれもある。

四、病気の名前には付きにくい。付くのは「お風邪」ぐらいなものだ。社長夫人がガンだからここは丁寧にと、「奥様がおガンだそうで……」とは云わない。

五、柴田武先生によれば、悪感情の語にも「お」は付きにくいという。「あっ、社長のお団子鼻に、やぶ蚊が一匹……」なんて云ってはいけないのだ。

このように、「お」にも弱点がある。だが、それより大事なのは、右のどこにも「ご」の出番がな

いということ。つまり「ご」は、「お」の弱点にさえ、つけ込むことができないでいるようなのである。

ここでもう一度、一に戻って考えてみる。かたかなの外来語はみんな新しい。外来語は和語でもなければ漢語でもないのだから、「お」を付けようが、「ご」をかぶせようが自由であるはず。なのに、その外来語を美化するための接頭辞は、

おビール
おジュース
おソース
おトイレ

と、決まって「お」なのだ。

〈敬意を表す接頭語が「お」に統一されてしまう兆し〉があると、すでに山口仲美先生（実践女子大）が喝破されているから、この駄文になんの値打ちもないが、それでもとにかく外来語でそれを証明しようとしてみたわけだ。こうなると、国語辞典に和語と漢語の別を明示していただきたい、という筆者の注文はやはり漢（おとこ）の身勝手、もはや時代遅れの注文なのかもしれぬ。

（『週刊文春』一九九五年十二月二十八日号　文藝春秋）

英国人は子どもに向かって、Answer with two words. ということを、まことにやかましく言うそうである。yes と一語だけではいけない、yes, sir. と言いなさい。これが two words の意味である。フランス語の二人称単数の代名詞には、御存じのように、tu-te-toi 系列と vous(こちらは変化しない)系列とがある。前者は、親子、兄弟、夫婦、恋人、友人など親しい同士で使われ、それら以外の関係では、敬意や丁寧さを表すために後者が用いられる。

ドイツ語では du と Sie があって……いや、こんなことをいくら並べても仕方がない。筆者はただ、どんな言語にも敬語があると言いたかっただけ。敬語は、ひろくは待遇法とも呼ばれるように、対人関係の言葉遣いであるから、ない方がかえっておかしい。とはいうものの、日本ぐらいこの敬語法が整備されていた国も珍しいのではないか。このことも読者諸賢には先刻御承知のはず、そこで一例だけ掲げる。

室町時代の末に大館尚氏(おおだちひさうじ)(法名、常興(じょうこう))という幕府高官がいた。たいへんに長生きをした人で、そのせいか有職故実(ゆうそくこじつ)にむやみやたらにくわしく、息子や親族のためにたくさんの故実書を遺している。そのうちの一冊に『大館常興書札抄』(成立は永正七年、一五一〇年ごろ)というものがあって、その中で待遇語に次のような順番を付けている。

下位にたいしては御返事と書く
御返報は御返事より上
御報は御返報より上
貴報は御報より上
尊報尊答は貴報より上

同じ返事でも相手の家格によって呼び方が変わる。つまり「尊報尊答—貴報—御報—御返報—御返事」というふうに、きわめてはっきりした順位があったらしいのである。

こんなことも書いてある。

御状とは下位への御返事のことである
芳札、珍札は御状より上
貴札は芳札などより上
御札は貴札と同じ
尊札は貴札より上
御書は尊札より上
御懇札や御懇書は貴札や尊札と同格

手紙一つ書くにも、こんなややこしい規則があったわけで、何度眺めても目がまわるが、それはとにかくとして、当時の対人関係は右のようにタテ軸を中心に展開されていた。そしてこのタテ軸中心の待遇法が第二次世界大戦終了時までつづいていたことは、これまた周知のところである。

ところで、最近、文化庁から、第二十期国語審議会の『審議過程報告』を頂戴した。報告書には「新しい時代に応じた国語施策について」という題名がついている。

第二十期国語審議会というと、

「あ、知ってる。『ら抜き言葉』ばかりを二年がかりで審議していた会ね」

と言ってすましてしまう人が多いが(そういう筆者もじつはそのうちの一人だったが)、報告をよく読めばそれが飛んだ誤解だったとわかる。一、言葉遣いに関すること、二、情報化への対応に関すること、三、国際社会への対応に関すること、これらを三本柱に、かなり綿密な討議を重ねており、その中心議題の一つが敬語問題だった。坂本朝一会長は言う。

〈……もっとも時間をかけたのが敬語の問題です。世論調査を見ても、国民の九割以上が今後とも敬語が必要であると考えており、世間でいわゆる言葉の乱れとして指摘される問題の多くが敬語の不適切な使い方にかかわるものであります。〉(「文化庁月報」平成八年二月号)

では、審議会は現代の敬語の特徴をどう見ているか。

一、上下関係による使い分けが弱まって、より簡素で単純な形が用いられるようになった。

二、代わって、親疎の関係にもとづいた使用が重視されるようになった。たとえば、部外者や初対面の人に対しては、仲間内や親しい人よりも丁寧に言う。

三、話題の中に登場する人物よりも聞き手への配慮の方が重視される。たとえば、部長を相手に社長のことを話題にしているとき、以前はその場にいない社長にも敬語を使ったが、今はちがってきている。むしろ部長にたいしてどういう敬語を用いるかがより重視される。

四、商業敬語がきわめて丁重なものになっている。

さすがにみんな当たっているが、筆者なりに、四を中心にまとめるなら、戦前とちがう点は、敬語と利害得失との結びつきが一段と強くなったということだろうか。タテ軸の影が薄くなって、目の前にいる人、自分に得をもたらしてくれる人にたいして敬語を使うことが多くなってきているのではないだろうか。

それではヨコ軸の方はどうか。もちろん一概にはいえないが、タクシーで、商用で、会議で、先ず天候や重大事件を話題に持ち出す習慣が、わたしたちにはある。

「今日はあたたかですな。二月というのに、まるで初夏の陽気だ」

「北海道のトンネル事故、あれはいかにもむごいことですな」

その日があたたかなことに、そしてトンネル事故が悲しいことに、だれも反対しようがない。反対しようのないことを話題にして共通の場をつくろうとしているのである。これが他人にたいする礼儀というものだ。するとヨコ軸の方は整備されているか。筆者は芝居の作者もやっているので、新宿あたりの酒場でスタッフやキャストとよく呑むけれど(もっとも下戸なので呑んだふりをしているだけだが)三十分もしないうちにノドが痛み声が嗄(か)れてしまう。酒場にいる客が全員、大声で喋っているせいで、こっちも負けじと声を張らなければならないからだ。このへんは西洋の酒場と大いに様子がちがう。あっちではだれもが声を抑えて談笑しているから、声が嗄れるということはない。

それから電車や道路でのわたしたちの不機嫌な顔……。

いろいろ考え合わせると、ヨコにいる他人への丁寧さにおいて、わたしたちにはまだ欠けるところがあるようだ。言葉があるかぎり敬語は決してなくなりはしないが、しかしわたしたちの場合は、タテ軸敬語は弱まったけれど、ヨコ軸敬語はまだ未整備、ただ商業敬語だけが猛威をふるっている。これが審議会報告を読みながら抱いたささやかな感想である。


（『週刊文春』一九九六年二月二十九日号　文藝春秋）

フランスの「ヌ抜き言葉」

このあいだ、「国語施策懇談会」（文化庁主催）という集まりに参加して、おもしろい話をいくつも聞くことができた。これから書くのはそのうちの一つである。

講師の一人である柏倉康夫さんは、ＮＨＫヨーロッパ総局次長として長いこと（たしか八年間だった）パリに住み、その後はＮＨＫの解説主幹をなさっているが、ふと思いついたことがあって柏倉さんに質問した。

「日本では『ら抜き言葉』が話題になっていますが、フランスでは『ヌ抜き言葉』が流行っているそうですね」

こう訊ねたのは、去年だったかパリから一時帰国した知人が「あっちではヌ抜きが流行っているんだよ」と言っていたのを思い出したからで、また、先ごろ読んだ評論家の倉田保雄さんの次のような文章も頭のどこかに引っ掛かっていたからだった。

〈(言葉の乱れは)何も日本に限った現象ではない。フランス人が世界で最も美しく、最も明解な言語だと自負するフランス語もひとむかし前に比べれば〝変質〟が目立つ。／フランス語の場合は、「ら抜き」ではなく、「ぬ抜きしゃべり」だが、ぬとは否定のNEのことで、たとえば、「ジュ・ヌ・セ・パ」(私は知らない)が「ジュ・セ・パ」になるのだ。下町に行くと、「ジュ」も省いて、「セ・パ」にしてしまうが、実際には「シェパ」と聞こえる。〉(毎日新聞一月十七日夕刊)

柏倉さんの答は、

「その通りですよ」

とのことだった。

倉田さんのエッセイはさらに次のようにつづく。

〈私が戦前、学校でフランス人の先生から、「承知しました」は「アンタンデュ」だと教えられ、実際に先生との間で毎日何回となく「アンタンデュ」を連発し、アンタンデュ以外の表現はフランス語にないのだと思っていた。／ところが、いまフランスではアンタンデュは死語に近く、「ダッコール」一点張りだ。大統領から小学生に至るまで、階級を問わずダコールは拡散している。〉

ついでに、と云っては柏倉さんに悪いが、ダコールの件についても訊ねてみた。答はこうだった。

「もちろんダコールが全盛ですが、それさえ使わない人たちが多くなりました。若い人たちなどはアメリカ人のように、もっぱらオーケィ(ＯＫ)を使っていますよ」

このまま放置しておいてはいけないと考えたフランス政府は、五年前に、トゥボン(Tous Bon)法なるものをつくったのです、と柏倉さんはつづけた。この法律のなかには「商品名や宣伝文にもフランス語を使うこと」という一条があるとのこと。もちろん違反者には、罰金(百万円ぐらい)、あるいは懲役(二年ぐらい)が待っているそうだから、フランス人も必死なのだ。大岡昇平さんをはじめ日本の小説家たちに大きな影響を与えたスタンダールは、文章力を磨くために、毎日、一条ずつ、フランスの法律文(とくに民法典)を暗誦したといわれる。フランス語の乱れを喰い止めようとするそのトゥボン法も、たぶん名文で書かれているにちがいない。なんだか皮肉な話である。

「フランス語が乱れている。少なくともおれたちが習ったフランス語とはちがう」と思ったのは、十年前、カリブ海賊について調べるために、バーミューダ海域の南、リーワード諸島のサン＝バルテルミ島(St. Barthélemy)へ行ったときのことだ。もちろん現在は海賊はいない。観光でたべているフランス領の小島である。

御存じのように、フランス語では、冠詞も動詞も形容詞もなにもかも(と筆者には思われるぐらい)軒並みに、忙しく変化する。貧しい知識しか持ち合わせていないからあまり大きなことは云えないが、たとえば、「この一頭の大きな馬」をフランス語でいえば「ce grand cheval」である。これが「これら二頭の大きな馬」となると、複数だから、「ces deux grands chevaux」になる。じつに四ヶ所においても変化がおこる。筆者などから見ると、お化けかタヌキのような、なにか妖しい言語だが、島のレストランではたらいているフランス人の青年たちも同じように考えているらしく、「ces deux grand cheval」というふうに云い、そして書きもしていた。

「全部変えなくてもいいでしょうが」

というわけだ。

隣りの島は英語を話す。そちらでは「二頭の大きな馬」を「two big horse」と云い、書きしていた。これも同じ原理で、二頭ということは two で分かるはずだから、わざわざ馬まで複数形にしなくてもいいじゃないか、ということだろう。

ただしそのときは、

（このへんは、ピジン英語や混交（クレオール）フランス語の本場だから、それでこんなことになっているのだろう）

と勝手に考えて、それっきり忘れていたのだが、柏倉さんの話から、フランス語もずいぶん危ないところへ差しかかっているらしいということが分かったのである。

話し言葉には規範がない。と、いきなり一般論を云うのは危険だから、話し言葉を三つに別けて考えたい。

第一の局面。講演や祝辞、長い説明などでは、話し言葉は書き言葉に近い。落語や浪曲などもこれに当たる。

第二の局面は、座談、商談、座談会でのもの云い。書き言葉からはかなり離れるが、しかしそう乱暴な言い方はできない。

第三の局面は、わたしたちが家庭で話すとき。それから会社で同僚と、学校の休み時間に友だちと、そして酒場で気の置けない人たちとのびのびと楽しく話す言葉には標準も基準もない。たがいの間に意思が交流するなら、どんな目茶な日本語を用いようと、それはそれで構わない。変則で、とんちきで、文法もなってなくて、妙チクリンな日本語であって、何の差し支えもない。むしろその方がいいに決まっている。

しかし大事なことはこうだ。話し言葉がどんなに乱れていても、書き言葉だけはしっかりとしていなければならないだろう。目茶な話し言葉がどこかで、しっかりした書き言葉とつながっていないと、たぶんその言語は駄目になる。国語施策懇談会で大勢の講師の皆さんの話を聞いて得た結論は、つまりはそういう平凡なことだった。

（『週刊文春』一九九六年三月十四日号　文藝春秋）

ラーメンのできるまで

このあいだ、わたしの芝居を観にきてくれた中国の若い女性と食事をした。彼女は日本にきてまだ二年にもならないのに、この春、東京の、名のある私立大学に合格した。倍率二十八倍という狭き門を「日本語で」通り抜けたというからすっかり舌をまき、身元引受人ということもあって合格祝いにラーメンをおごることになったが、以下はそのときの、ラーメンを待つ間に交わした会話の、忠実な再録である。ちなみに彼女の来日の動機はこうだ。

「わたしたち中国人になくてはならないことば、たとえば、文化、革命、階級、労働、集団といったことばは、みんな日本から入ってきたものなんです。ですから、あの文化大革命も文化と革命という日本語が輸入されていたからこそ起こったことで……というのはもちろん冗談ですけど、とにかく大学のときに日本語の輸入の多さを知って衝撃を受けました。それでこれはどうしても日本で勉強しなければならないと思い立ちました」

「あなたのような外国人にたいして、日本人が必ず発する質問がある。それは、日本語はむずかしいですかという質問なんですが、どうですか、やはり日本語はむずかしいですか」

「どんなことばも、むずかしいと云えばむずかしいし、やさしいと云えばやさしいのではないでしょうか。つまり、そのことばでその国のなにを勉強しようとするかにかかっていると思います」

「……というと？」

「日常会話を覚えるだけというなら、日本語は世界でもっともやさしいことばのうちの一つだと思います。なにしろ日本語の音節の数は百十いくつしかありませんから発音はすぐ覚えることができます。その上、アという音には、平仮名のあ、片仮名のアがきちんと対応していますから、仮名だけならだれにでもすぐ文が書けますよ」

もちろん、ここで云う音節とは、ことばを発音するとき、音声をいちばん小さなまとまりで区切った一区切りのことである。

「北京官話には音節が四百もあります」

「そう云えば、英語の音節数は二万とも三万ともいわれている……」

「それどころか一体いくつあるか、まだだれも数えたことがないんですって」

注釈。彼女は英語もよくできる。

「でも、音節数が少ないから日本語には同音異義語がたくさんありますね。音は同じコウシンでも、後進、更新、行進、交信、後身、孝心、紅唇、口唇と、意味がたくさんあって、いつもまごつきます」

　紙ナプキンに彼女はいくつも漢字を書きつけた。

「それに漢字には音読と訓読があって、その区別がむずかしい。これは重箱(じゅうばこ)読みか湯桶(ゆとう)読みか、それとも牧場(まきば)読みか……」

「牧場読み？」

　思わず訊いて恥じ入った。これではどちらが日本人か分からない。

「板前、人影、壁紙のように、熟語を上の字も下の字も訓でよむ読み方のことですけど」

「……分かってます」

「でも、牧場をボクジョウと音読みしても意味は同じですから、そう困りはしませんが、音で読むのと訓で読むのとでは意味のちがう熟語もあっておどろくことがあります。たとえば最中がそうでした。モナカと牧場読みにすれば和菓子のことですし、サイチュウと音で読めば、なにかが行われている、まさにそのとき、という意味になりますから。最中をたべるたびに、これはなんて奇妙なお菓子かしらと思いますわ。それから消しゴムは複雑怪奇……」

「どこが」

「なりは小さいのに漢字と平仮名と片仮名の三種類の文字が詰まっていますから。それから、アポを取る、という文字の行列は複雑怪奇を通り越して理解不可能でした。これも漢字と平仮名と片仮名ですが、その片仮名が分からない」

「アポは、アポイントメントの略なんだ」

「横文字をうんと短くしてしまう癖があるんですね、日本語には。そこがいちばんむずかしいところかな。そう云えば、合コン、生コン、マイコン、エアコン……、これらのコンはみんなちがいますね」

「うん。それぞれカンパニー、コンクリート、コンピューター、コンディショナーの略なんだな」

「つまり日本語を勉強するには、その前に英語を勉強しておかなくてはならないんですね。それも日本語に崩した英語という不思議な言語を勉強しなければならない。そう考えるとなんだか気が遠くなりそう。数の言い方にも、イチ・ニ・サン・シの系列と、ひとつ・ふたつ・みっつ・よっつの系列の二通りあるし、その上、助数詞がものによって別々でしょう。動物は匹、鳥は羽、本は冊、車は台……。若い人たちがなにもかも一個・二個・三個・四個と数えてしまう気持ち、よく分かります。そして最大の難関として敬語があるわ」

「……やはり日本語はむずかしいんだ」

「むずかしいですね。どんなことばも本格的にやろうとすれば、それぞれむずかしいものなんでしょうけど」

「どんなふうになれば、日本語が勉強しやすくなるのかな」

「日本語を学ぶためのいい教科書があればと思います。たとえば、機敏、敏捷、敏活、身軽い、といったことばの区別を教える先に、まず『すばやい』の一語をよく覚えなさいと教えてくれるような教科書が」

「それはたぶん文部省あたりの仕事だな」

「それから過不足のない漢字体系の整備でしょうか。図書館で藤堂明保(あきやす)という方の論文を読んで感心しました。たとえばこんなことが書いてありました。かつては『ひもでつながる』ことを意味するケイと読む漢字が、繫・継・係・系など数多く存在した。今日ではあとの三字が残って使われているが、じつは同じ仲間なのであるから、後継者→後系者、継母→系母、関係→関系と書く習慣を養えば、系の字だけでこと足りると。つまりそういった漢字体系の整備ですけど……」

わたしが黙り込んでいるのを見て、彼女は慌てて手を振った。

「ごめんなさい。日本語は外国人のためのものではなくて、あくまで日本人のためのものですから」

そのとき奥から主人の声。

「もう出来るよ」

彼女が手を振るのを見て、主人は急かされたと思ったらしい。

「ですから、日本人がこれでいいと云うのなら、その日本語を必死で覚えるだけです」

そこへラーメンがきた。


(『週刊文春』一九九六年三月二十八日号　文藝春秋)

楽園の創造

楽園の創造

近世の随筆をあれこれ読み漁っているうちに、そこに登場する女たちの年齢が気になりだした。たとえば、伊達政宗の孫の綱宗に請け出された吉原の遊女の二代目高尾(俗に仙台高尾)が、その請け主に切り殺されたのは十四歳のときだった。また、女陰謀家で殺人鬼の妲妃(だっき)のお百が祇園の遊女になったのが十四の春。のちに桂小五郎に隠れ家を提供することになる幾松が芸者として座敷に出たのも十四、女山賊として鳴らした鬼神のお松が芸者に売られたのが十三で、首切り役人八代目浅右衛門に首を切り落とされ、その性器をホルマリン漬けにされた高橋お伝は十四で結婚した……。

平均寿命そのものがちがうから単純に比較しては間違うが、それを覚悟の上で今に引き直せばみんな女子中学生。「近ごろの女子中学生のなかには援助交際をしているものがいるらしい。たいへんだ」などと、それほど騒ぎ立てることもないかもしれない。初潮を見たらもう立派な大人なのだ。

女性ばかり例に上げるのもへんだから、男の元服(成人式)年齢も書いておく。たとえば、平安時代の歴代天皇の元服平均年齢は十三・一八歳である(国史大辞典)。元服加冠の儀をおえた東宮や皇子には当夜、適当な女子を選んで添い寝をさせた。自覚的に射出が可能ならもう大人、そこで元服ということになるわけだ。

ここで肝心なことは、この十三、四歳ごろに、人間の脳がほぼ発達し終わるという事実で、わたしたちがこの涙の谷に呱呱の声をあげるとき、その脳の重さは平均三百五十グラムである。クリストファー・ウイルズの『暴走する脳』(近藤修訳。講談社)によれば、三百五十グラムというのは清涼飲料水の缶と同じくらいの体積であるが、さて、〈産道の大きさという制約から解放された脳は、爆発的に大きさを増し、一年で三倍になる。それ以後は減速するものの、最終的な大きさは約一・四リットル(一四〇〇グラム)で、出生時の四倍に達する。〉

最終時の千四百グラムに達するのは、人によってさまざまだが、だいたい二十歳前後、そして、これはどんな脳の本も一致して書いていることだが、九割の千二百グラムくらいになるのが、十三、四歳ごろになる。

右に書きつけたことから、さまざまなことが想像されるが、なによりも重大なのは次の事実である。ふたたびウイルズを引けば、ヒト科に属する大型チンパンジーも出生時の脳の重さは人間と同じく三百五十グラム、そこから大人になるまでの増加はわずかで、四百五十グラムになるとその成長は止まるという。

これをわたし流に云えば、チンパンジーはその脳がほぼ八割方、完成してから生まれるのにたいして、人間は、脳がまだ二割五分しかできていないのに母の胎内から追放されるべく宿命づけられた生き物。もう一つ云えば、ひとは未熟なまま楽園から追放された存在なのだ。

どうしてそんなことになったのか。人間の脳は、チンパンジーのように、なぜ子宮の中でちゃんと発達しないのだろう。脳の四分の三を、なぜ危険な外界で育てなければならないのだろうか。

産婦人科諸家の説をまとめるとこうである。

チンパンジーのように脳を八割方完成したところで出生するためには、ひとの母の産道はあまりにも狭すぎる、と。

母の陣痛は平均百回から百五十回。胎児は頭部をソーセージのように細長くし、骨盤の骨の形に合わせてネジのように旋回しながら、陣痛という子宮の収縮力によって押し出されてくる。つまり胎児は母親の痛みを利用しながら旋回して産道を前進するのである。

これを胎児の立場から見ると、頭蓋骨がみしみしと軋んでそれは痛い。おまけに、それまであらゆる衝撃をうまく吸収してくれていた羊水がないから、その苦痛は筆舌につくしがたい。そして百数十回におよぶ苦心の前進の末、ついに外界に出る。フラッシュを百個も二百個も一時に焚かれたようにまぶしい。まさに地雷を踏んだときのようだ。……はっきりそう証言した新生児はこれまで一人もいないが、とにかくそんな感じらしいのだ。たいていは一時的に失神する。それにものすごく寒い。毛皮や懐炉がいるほどである。鼻からしか呼吸できないのに、鼻には羊水が詰まっている。口にも羊水。これらの羊水を逆さに下げてもらって取り除き、第一吸気。それから第一呼気。これが産声である。

……四分の一しか発育していない脳でさえ、これほどの困難と苦痛がともなうわけだから、脳が八割方育つまで待っていたら、胎児が骨盤を通り抜けるのは、針の穴を象が通り抜けるよりもむずかしくなる。そこでやむなく、ひとは常に未熟のまま現世という名の舞台に登場し、残りの四分の三をこの世で育てるのである。

逆に云えば、それぞれの脳がほぼ完成する十三、四歳までは、この世が彼等の子宮であり、胎内なのだ。もう一つ云えば、家庭が、周囲の共同体が、そして、学校が、彼等のための母胎になってやらなければならぬ。つまり、まだ未発達な脳に、人間の精神を植え付けてやり、人間的行為を行なうことのできる力を与えてやる責任が、周囲にいる人間にはあるのだ。楽園から追い立てられてきた彼等に、わたしたちはもう一つの楽園を用意してやらねばならないのである。では、その楽園とはなにか。云うまでもなく、それは母語である。

よく知られているように、生後六ケ月から一年の間を「喃語期(なんごき)」という。彼等の言語野は真っ白で、神経細胞群には、まだなんの配線事業(神経細胞の繋がり合い)も行われていない。つまり白紙であるから、ここにはどんな言語でも書き込むことができる。この時期の赤ん坊を日本語という環境におくと日本語の配線がほどこされ、使用人口二千のインドのゲタ語の環境におくとゲタ語の配線になる。

いまから四十年近く前、ＮＨＫの学校放送部が、「人間は、誕生してから満五歳になるまで、どのようにして言語を身につけていくか」というテーマで番組を作ったことがあった。たいへんに大がかりな企画で、新生児のいる家庭を全国から十戸選び出し、それぞれのお宅に録音機を備え付け、五年にわたって、その記録をとったのである。

これで分かったのは、子どもたちの語彙が、一歳で五語、一歳半で四十語、二歳で二百六十語(いずれも平均)とふえて行き、三歳になると一気に八百語に増加することだった。そして重要なのは、この八百語前後で自意識が発生するということである。三つ子の魂百までもの諺どおり、子どもは八百語で自分の意志を持つのである。

その後の追跡調査で、五歳から七歳にかけて、小学校に入る前後に第二の山がくることも分かった。語彙がふえるのは当然であるが、この時期に子どもたちは各種の接続語と接続法をほとんど完璧に使いこなすに至る。つまり、感覚ではなく、ことばを用いて思考と推理を積み重ねることができるようになる。

第三の山は十三、四歳前後にくる。いっそう語彙はふえるが、この時期には、ことばの秩序化が行われる。たとえば、無限―宇宙―銀河系―太陽系―地球―アジア―日本―東京都―千代田区―ふくろ小路一番地……というふうに、さまざまなことばを、そしてことばの指し示す事実や知識や観念を、自己を中心に秩序立てて整理し、自分なりの世界観(自分はこの世をどう見るのか。そういう世の中に自分はどう生きて行けばいいのか)を確立する。こうして彼等は、ようやく実質を備えた「ひと」になるのである。

ちがう言い方をすれば、自我を確立し、思考する力をつけ、自分なりの世界観を持つことを、第二の胎内で体得して初めて、彼等の脳は、八、九割方、完成したことになる。

したがって――枚数の都合で、突然、粗暴な結論を出すことにするが――ここまで書いてきたことにもとづいて云うなら、ナイフで教師を刺す男の子や二人がかりで老人を殴り殺した女の子の出現に大人が驚倒するのはまちがっている。彼等にそのような世界観を抱かせるに至った胎内に問題があるのはたしかだからだ。

なにしろ、彼等を育てた胎内、家庭―その周囲の共同体―学校―社会、ひっくるめて大人たちの世の中は、およそ貧弱なことばしか持たず、その素行たるや、目を覆うばかりのひどさ。大人たちに、ことばを正確に、誠実に、ゆたかに、そしておもしろく使おうという覚悟がないかぎり、子どもたちに楽園はない。

（『波』一九九八年五月号　新潮社）

◇のち、日本エッセイスト・クラブ編『木炭日和——'99年版ベスト・エッセイ集』（一九九九年、文藝春秋）に収録された。

好きなもの

①客席からの熱烈な拍手

いい初日が出た夜、客席に轟いていた拍手の余韻をまだ耳の奥に残しながら、みんなと劇場近くのいつもの焼肉店へ繰り込むときの喜び。

この喜びと誇らしさを、たとえ目の前に何百億円積まれようと他に譲り渡す気にはなれぬ。もっとも一千億円くらい積まれたら、気が変わるかもしれないが。

②インクのたっぷりと流れ出る万年筆で書いた原稿用紙のかすかな凹凸

インクが乾いて原稿用紙の表面が微妙に波を打っているのを見るのが好き。いかにもいい仕事をしているような、すてきな気分になれますからね。いい万年筆を使うと、ほんとうに文字を書く行為そのものが楽しくなる。原稿そのものが美術品のように見えてくる。もちろん美術品というのは言い過ぎですが。

インクの匂いも好き。いつまでも書くのがやめられないでいるのは、たぶんインクの匂いが一種の媚薬だからでしょう。

③あらゆる辞典、事典のまえがき

辞典や事典のまえがきほど、人間に希望を授けてくれるものはない。だからまえがきに〈日本語と日本文化をより深く理解するためのよすがとして活用していただければ……〉（精選版日本国語大辞典全三巻、小学館）とあれば、そう、自分は日本そのものをもっと深く理解するのだと思って買い込み、〈日本史研究の状況を知るための羅針盤ないし読書の手がかり……〉（日本史文献事典、弘文堂）という一行が目に入れば、おお、その羅針盤が必要だと思っていたところだとやはり買って帰るの繰り返し。そのたびに、辞典や事典が勉強するのではなく、買ったおまえが勉強しなければならぬのだと思い知るが、それでもやはり書店の辞典や事典の棚が気になるのは、ものごとの本質が知りたい、それが自分の仕事だと思い込んでいるせいかもしれぬ。

（『毎日新聞』朝刊　二〇〇六年四月二日）

戦後の日本語教育を語る

戦後の日本語改革が、連合軍総司令部（ＧＨＱ）によって進められたと考えている向きが多いけれども、じつはそうではない。たとえば、新井白石がローマ字の便利さを知ったあたりから、「漢字を含む日本語はじつにむずかしい。なんとかやさしいものにしなければ、人びとの知力は低いままで終ってしまう」という願いのもとで改革が胎動しはじめていた。

明治からの改革論には四つの流れがあった。第一が「漢字かな交じりの表記法はのこすが、しかしできるだけ漢字を減らそう」という漢字制限派、第二が「いっそカナモジ表記にしてしまおう」というカナモジ派、第三が「ローマ字表記にした方がいい」というローマ字派、そして第四が「神代文字をもとに新しい表記法をつくろう」という新字論派だった。これらに対してつねに「日本語そのものがすでに一つの文化なのだから、その表記法を安易に変えてはならない」という保守派がはげしく抵抗していた。これが昭和二十年八月までの大まかな見取図である。

ちなみに、新聞ジャーナリズムは「印刷技術の都合上」いつも漢字制限の音頭をとっていた。大正十二年(一九二三)には全国の新聞社が文部省に圧力をかけ、ついに「常用漢字一九六二字」を発表させたくらいだ。もっとも関東大震災で実現はされなかったが。

右の見取図が、アメリカ占領を機に大きく動いたこともたしかな事実ではある。占領軍の「権力」を利用して、べつにいえばアメリカ軍からの強制であると見せかけて、漢字制限派が主導権を握る。アメリカから持ち込まれた「言語道具説」(日常生活における実用性と効用性を重んじる考え方)も漢字制限派に有利にはたらく。また「あんな難しい漢字を使って、戦に勝てるはずがなかった」といって漢字制限派を支持した国民も多かった。こうして漢字制限派有利のうちに現在に至っているが、送り仮名ひとつとってみても、まだ正書法はできていないし、敗戦直後に政府が約束した国語辞典も編み上がっていない。日本語は依然として混乱の中に投げ出されたままである。

筆者もまたこの混乱のうちに育った一人だが、いま人生の峠のたそがれどきから振り返るとき、「戦後の日本語問題はなんだか表記法だけに終始してしまったなあ」と恨めしく思わないでもない。

その恨みとは次の三つに集約される。

終戦直後の文部省と教育関係者たちは、なぜ源氏から漱石鷗外に至る日本古典を子どもたちに教えるのを怠ってしまったのだろう。古典という名の文化遺産を子どもたちに引き受けさせ、そしてその子どもたちがさらに次の世代へそれらを手渡す仕掛けをしなかったのは残念である。そのためにいま、文化遺産を柱に未来の日本を考えるという、独立独歩のための心棒がなくなってしまった。

次に指導者たちは、北海道から沖縄までの国中のあらゆる教室から古典を一斉に誦読（しょうどく）する習慣を廃してしまった。あれはじつは日本語発声の修練だったのだ。その修練を欠いたためにいま、日本語の発音はてんでんばらばらの、無政府状態に陥ってしまっている。

そして最後に、彼らは文法を教えるのに極端に臆病だった。日本語文法は日本語の大事な骨組みである。ものを考え、伝えるときの枠組みである。動詞や形容詞の活用を教えなさいといっているのではない。たとえば、「日本語の文では、否定や肯定は文末で決まる。だから文は最後まできちんと発語すること」といった基本法則をしっかり教えるべきだった。そういう基本をおろそかにしたまま、小学生に英語を教えようなどは、ほとんど狂気の沙汰である。混乱の度はますます増すばかりだ。


（『毎日新聞』朝刊　二〇〇六年四月七日）

大野晋さんのこと

ぼくの好きな古語辞典

『岩波古語辞典』(大野晋・佐竹昭広・前田金五郎編)を僕はよく使う——などと記すと、さっそく村山七郎氏あたりから、「もっと日本語の勉強をしてからにしなさい」と叱られそうです。じつは以前、大野晋氏の『日本語の成立』(中央公論社)を朝日新聞の文芸時評で扱ったときも村山七郎氏にそう叱責されました。たしかに僕の素養は乏しい。叱られて当然でしょう。しかし日本語について知るところが乏しいからこそ、『日本語の成立』に感動したのだともいえます。紀元前八〇〇〇年のころから、鎌倉初期(十三世紀)藤原定家が仮名づかいを定め、日本語が成立するまでの、ほぼ一万年に及ぶ歴史を、解析力抜群の、明快そのものの文章で、わずか三百七十ページに凝縮してあったので、感動したのでした。別にいうと、僕はそれまで藤原定家の仮名づかい成立に至るまでの、恰好の手引書、よく出来た通史にめぐりあっていませんでした。もとより、亀井孝氏をはじめとする碩学たちの共同執筆による『日本語の歴史』(全八巻。平凡社)という好著のあったことを忘れているわけではありません。しかし定家仮名づかいの成立まで三巻もの分量があり、読者は論の主なる筋道をつい忘れてしまいます。読者にも責任がありますが、しかし責任の大半は〈共同執筆制〉をとった碩学たちにある。通史には「視点」が大事です。読者は著者の「視点」をかりて歴史を通観し、やがて一人立ちしてどうやら飛んで行く。共同執筆制には、まちまちの「視点」しかない。碩学揃いであるだけに「視点」がかえって定まらず、読む側としては混乱してしまいました。

ところが『日本語の成立』は一人の碩学による一つの「視点」からの通史です。加えて分量も手頃、文章は明快で活き活きしている。よく頭に入ります。この通史が頭のなかにあれば、どんな論文に出っくわしても、

「この論文は、大野通史でいえば、ここのところについて言及しているのだな」

とすぐわかる。つまり大野通史は日本語成立まで約一万年の流れの、見取図としてすぐれており、そこに魅せられたのです。大野晋氏には失礼かもしれませんが、もし万が一、タミル語源説が不成立になったと仮定しても、大野通史そのものは依然として有効でしょう。タミル語源説部分を「？」として読めばいいだけの話です。大野通史にはそういう巨きなところがある。——と書くと今度は、亀井孝氏の、

「だまれ。すれっからしのとりまき連め」

という罵声が聞えてきそうです。亀井孝氏は『季刊邪馬台国』(八一年秋)の、「学問公害・世間を惑わす日本語系統論」と題した談話のなかで次の如く語っておいでだからです。

「もしかすると、ほんとにたちの悪いのは(略)この寵児のいわば〝親衛隊(？)〟を買って出ている一味徒党、世間にすれっからしのとりまき連です。こういう、自分の目くらなことに無反省な目くらとなると(略)、……しかし、こういう手あいは、学問と関係がないから論外であるといってよいでし

ょう」

そこまでおっしゃるなら、老碩学よ、どうか亀井「視点」による日本語成立までの通史をお与えください。大野通史よりも僕等の胸を打つものをお書きになれたら、よろこんであなたの下男にでもなんにでもなりましょう。要は書物でどれだけ人の心を動かすことができるかどうかです。

基本語で違う古語辞典の質

ところで僕の机辺には次の七種の古語辞典が置いてあります。

『岩波古語辞典』
『例解古語辞典』(佐伯梅友・森野宗明・小松英夫編著。三省堂)
『学研古語辞典』(吉沢典男編)
『角川新版古語辞典』(久松潜一・佐藤謙三編)
『講談社古語辞典』(佐伯梅友・馬淵和夫編)
『新明解古語辞典・補注版』(金田一春彦編。三省堂)
『改訂新潮国語辞典/現代語・古語』(山田俊雄・築島裕・小林芳規編修)

どれもこれも僕には大事な古語辞典ですが、長い間お世話になるうちにとくに自分の趣味にあうものが三冊に限られてきました。その三冊とは『岩波古語』、『例解古語』、そして『新明解補注版』です。なぜ、そうなってしまったのか。

たとえば「木綿付鳥（ゆふつけどり）」という古語があります。耳なれない、変ったことばです。こういう珍しいことばに関しては、どんな古語辞典もきちんとした語釈をくだす。そして語釈の「文体」も似かよっています。

《騒乱のあった時、鶏に木綿(ゆふ)を付けて都の四境の関で祓をしたことから》鶏。

右は『岩波古語』の説明ですが、『例解古語』も『新明解補注版』も、右とよく似た説明をしています。

ニワトリの別名。（略）ニワトリに「木綿」を付けて、都に出入りの四つの関所で祓（はら）えをしたという故事による。近世では「夕告げ鳥」と理解している。（例解古語）

《世の中に騒乱のあった時、鶏に「ゆふ」を付けて、祭りをしたというところから》鶏の異名。（新明解補注版）

むろん付け加えるまでもなく、他の四つの辞典にも、このことばの語釈が載っています。紙数の制限があって、珍しい、耳なれないことばについてはこの一例しか掲げられませんが、僕のささやかな体験では、こういう変った古語を引くのなら、どんな古語辞典でもいい。どれからも似たりよったりの情報が得られますから。しかし二十世紀の日本人でも使いそうな、基本語になると事情が大きく変る。たとえば「あさ（朝）」。『例解古語』や『学研古語』にはこの語が記載されておりませんし、『角川新版』と『講談社古語』と『改訂新潮』とはお座なりです。光っているのは『岩波古語』と『新明解補注版』です。『岩波古語』はこう云います。

《「宵（ひよ）」「夕（ふゆ）」の対》上代には昼を中心にした時間のいい方と、夜を中心にした時間のいい方とがあり、アサは昼を中心にした時間の区分の、アサ—ヒル—ユフの最初の部分の名。夜の時間の区分の最終部分の名であるアシタと実際上は同じ時を指した。（以下、例文を三つ掲げて）中世以後まで、独立した名詞として使われることは稀で、アサギリ（朝霧）・アサグモリ（朝曇）など、複合語や副詞に使われることが多かった。朝鮮語 a'tʃem（朝）と同源か。→あした・あす

日本語への愛情は語源の探索へと向う

こういう説明を読むと「学問のすばらしさ」につくづく感じ入ってしまいます。これへ『新明解補注版』の、

……朝鮮語で acham といい、それが語源であろうと、早くポリヴァノフが説いた。……

という情報を補充すれば、ほぼ完璧である。『岩波古語』の「中世以後まで、独立した名詞として

使われることは稀で」という記述にご注目ください。この一行から『例解古語』以下五冊の辞典がなぜ「アサ」を載せなかったか、あるいは載せてもお座なりの説明しかしなかったかが、わかるではありませんか。こういう周到さが使用者を魅了するのです。「……と同源か」という記述法も公正です。ひっくるめて日本語への愛情と、目標への慎重な接近がある。それらに惹かれて僕は『岩波古語』をよく引くのです。当時の人びとの時間意識が『岩波古語』を引けばよくわかる、だから大事なのです。大野晋氏を取り巻いていれば金が儲かるから『岩波古語』を持ちあげているのでは断じてない。根の「いやしい」ひとに限ってそんな無茶をいうから困ります。基本語に対するこの執拗な姿勢は全巻を貫いている。嘘とお思いなら「あけぼの」や「あす」をお読みになるといい。ついでに云えば「あけぼの」についての『例解古語』の説明も凄い。つまり簡単に申せば、「いいから、おもしろいから、役に立つから好き」なのです。

ともあれ日本語に対するこの愛情あふれる執拗さは当然、語源の探索へと向うでしょう。ソシュール学説に基いて云えば、語源探索の作業はたいした収穫をもたらすものとは思われない。しかし、どんな文章のなかでも変らない一定の意味、「そのことばの意味の核」(柴田武)を追って望みのすくない、苛酷な旅をする人に僕等は敬意を払います。というのも僕等市井の人間は語源論が好きだからです。これを「大衆に迎合する」ととるか、「学問こそ大衆と関係がある」ととるか、それは人の勝手、立場の相違です。大野語源に疑問があればひとつひとつ訂正すればよい。いくつかの疑点を捉えて、『岩波古語』全体を「ナマクラ辞書」と呼ぶなら、どうか碩学たちもちがった立場から一冊の辞典をお編みください。よいものだったら買います、愛用します。もともと僕は大野晋氏に何の義理もないのですから。

（『週刊文春』一九八二年二月四日号　文藝春秋）

大野晋先生を悼む――「正確な日本語」に見た希望

大野晋さんがこのところ発表なさっていたエッセイや個人的にいただくお電話に、いつも流れていた基調音は、〈外来語の汎濫（はんらん）が心配である〉という哀しみにも似た憂いでした。その憂いを私なりに解釈すると……

どこかのお役所の会議で、「このたびのライブラリーのリニューアルについては、コミュニティーとのパートナーシップを重視しよう」という発言があった。極端な例ですが、とにかくそのような発言があった。発言者は、「こんどの図書館の改装については、地域との協力関係を大切にしよう」というごく当たり前の意見に、外来語をふんだんにまぶして使った。そのときの彼は、なにかとても新しい、しゃれたことをいったような上機嫌な気分で会議室を出たにちがいない。この気分は、私にも憶えがあります。

ところが、国立国語研究所編の『外来語言い換え手引き』（ぎょうせい刊）によれば、ライブラリーには図書館のほかに収蔵館や閲覧所という意味もあり、リニューアルには新装や一新という意味も、コミュニティーには社会や地域共同体という意味も、そしてパートナーシップは提携や共同経営体という意味もあるとのこと。

そうなると、右の外来語たっぷりの発言は、「こんどの収蔵館についてはすべてを一新して、地域共同体との共同経営にしよう」という意味に解されるおそれがある。どんな会議にも固有の文脈というものがあるから、そうはならないが、しかし問題は、きちんと日本語でいえばはっきりと理解できるのに、熟さない外来語を使えば曖昧になるということです。この四月、丸谷才一さんといっしょにお目にかかったときも、「意味が曖昧なままに外来語で考え、外来語で話し合うと、その答えはますます曖昧なものになりますよ」とおっしゃりながら、いつもは明るい、やんちゃな大野さんのお顔がふっと曇ったような気配がありました。

それにしてもどうして外来語の氾濫にこだわっておいでだったのか。今日(七月一八日)の告別式で大野さんのご遺影を拝んでいるうちに、かつて意味不明な漢語が氾濫していた時代があったことに思い当たりました。

まだ若かった未来の碩学(せきがく)は、王道楽土、五族協和、精神作興、庶政一新、祭政一致、暴支膺懲(ようちょう)、一億一心、粛軍、枢軸、国防色、生存圏、大東亜共栄圏、八紘一宇、国民総武装などなどの、勇ましくも厳めしい漢語群の中で生きていた。気合いは十分だが、よくよく考えると意味曖昧な漢語群がやがて速度を加えて暴走して行き、ついに愛する母国を泥沼に引きずり込んでしまった。その悲劇を目のあたりにした未来の偉大な国語学者は、曖昧なままに言葉を使うことのおそろしさを実感なさったのではないでしょうか。

その後の大野さんの学問の進み行きは、よく知られています。すなわち大野さんは、単語の一つ一つをていねいに吟味して(その成果はいくつものすばらしい辞典に結実しました)日本人のこころの源流へ、そしてついに日本語の起源へと至ったのでした。言葉はできるだけ正確に使うこと、そこからしか希望は生まれない。単純ながらも奥深い真理を、私はいま改めて噛みしめています。

（『読売新聞』朝刊　二〇〇八年七月二十一日）

◇大野晋に関してはここに収めた二編のほかに「『日本語と私』大野晋」（『週刊朝日』二〇〇〇年二月十八日号、のちに新潮文庫版『日本語と私』解説に再録）と「語学者と文学者の間——解説に代えて」（大野晋著『語学と文学の間』岩波現代文庫、二〇〇六年二月）などが著書に未収録のまま残されている。

あとがき

井上ユリ

いったいひさしさんはどれだけ書いたのでしょう！　戯曲はシェイクスピアの倍の約七十本。岩波書店から刊行した『井上ひさし短編中編小説集成』は全十二巻でした。長編は『吉里吉里人』、『四千万歩の男』などやたら長いものばかりなので、全部でどれほどの嵩になるのか、見当もつきません。エッセイも約五十冊出しました。多筆にして速筆。よくもまあ「遅筆堂」を名乗ったものです。

それなのに、まだ収まりきらないエッセイがあり、今回、この『発掘エッセイ・セレクション』を発行する運びになりました。実はこの三冊に入りきらなかったものがまだこの数倍ありますので、お楽しみは続きます。

第一冊は「社会とことば」です。

わたしがひさしさんの母、マスさんに初めてお会いしたのは一九八六年、彼女は八十歳でしたが、「今この本を勉強しているの」といきなりエンゲルスの『家族、私有財産および国家の起源』を見せられました。ひさしさんが五歳のときに亡くなった農民運動家の父、修吉の思想をたえず息子に伝え続けた母。その影響か、ひさしさんは社会に大きな関心を持ち続けていました。

代表作『吉里吉里人』のもととなるラジオドラマ『ツキアイきれない』(一九六四年作)と、このドラマについてのエッセイを最初に載せました。国からの独立について高校時代から考え、書いていたとあります。より良い社会への願いは、その後書かれたすべての作品の底に流れているのです。

ひさしさんは徹底して「ことば」の人でした。何事も「ことば」でこそ解決できる、「ことば」でしか解決しない、という信念で生きていました。社会の出来事に限らず、家庭内のもめ事も。えー、まだしゃべるの？ とうんざりしたことも正直幾度かあります。大好きな「ことば」をさまざまな角度から論じた、読みごたえのあるエッセイが並びます。


今回、あらゆる媒体から、著書に未収録のものを探し出し、みなさまに読みやすいようにまとめてくださったのは、井上ひさし研究家の井上恒(ひさし)さんです。岩手県生まれの恒さんは、まだ学校に上がる前、『ひょっこりひょうたん島』のテレビ画面に出てくる自分と同じ名前を不思議な気持ちで見つめていたそうです。以来、井上ひさしを読み続け、いつの日からか井上ひさしマニアに。ひさしさん没後、作品の整理や出版に携わる編集者、司書、学芸員、研究者、わたし、みんな恒さんの作った資料を頼りにしているのです。どの媒体で、何の仕事をして、それはどの本に収められているのか、年代順にきれいに整理された資料です。そして『井上ひさし短編中編小説集成』以来、編集を担当してくださっている岩波書店の中嶋裕子さん。井上さん、中嶋さん、お二人の連携で、発掘エッセイを形にすることが出来ました。

この中にはみなさんが初めて読むエッセイがきっとあります。どうぞお楽しみください。

井上ひさし
1934-2010年．山形県東置賜郡小松町(現・川西町)に生れる．上智大学外国語学部フランス語科卒業．放送作家などを経て，作家・劇作家となる．1972年，『手鎖心中』で直木賞受賞．小説・戯曲・エッセイなど幅広い作品を発表する傍ら，「九条の会」呼びかけ人，日本ペンクラブ会長，仙台文学館館長などを務めた．
『井上ひさしコレクション』(全3巻)『井上ひさし短編中編小説集成』(全12巻)(以上，岩波書店)，『「日本国憲法」を読み直す』『この人から受け継ぐもの』(以上，岩波現代文庫)など，著書も多数刊行されている．

井上ひさし　発掘エッセイ・セレクション
社会とことば

2020年4月10日　第1刷発行
2020年8月17日　第4刷発行

著　者　井上ひさし(いのうえ)

発行者　岡本　厚

発行所　株式会社　岩波書店
〒101-8002　東京都千代田区一ツ橋2-5-5
電話案内　03-5210-4000
https://www.iwanami.co.jp/

印刷・三陽社　カバー・半七印刷　製本・牧製本

ISBN 978-4-00-028148-5　Printed in Japan
JASRAC　出 2003155-004